I0826479

Venezuela
20
Venezuela
ABC
20
1
Venezuela
Venezuela
20

El día que Daniel entendió el amor

Diana C. Martínez N.

Título original: El día que Daniel entendió el amor
Idioma original: español
© 2026, Diana Carolina Martínez Navas
Todos los derechos reservados

Orkidia Books & Consulting Services, 2026
Willemstad, Curazao
orkidiabooks.carrd.co

Lectores beta: Génesis De Sousa, Lucero, R. Crespo, Sergio S. Saldaña
Corrección: Nathaly Eunice
Maquetación: Diana Martínez
Diseño de cubierta: Wendy Orrillo
Ilustraciones: Wendy Orrillo

Primera edición: 06 de marzo de 2026
Depósito legal realizado en Curazao
ISBN 978-99904-5-683-7
Registro: Nº: 2025-A-2945

Los personajes y eventos que se presentan en este libro son ficticios. Cualquier similitud con personas reales, vivas o muertas, es una coincidencia y no algo intencionado por parte del autor.

Queda prohibida la reproducción total o parcial de esta obra, su almacenamiento en un sistema de recuperación de información, su transmisión en cualquier formato, así como su distribución pública, venta, alquiler o préstamo sin el consentimiento expreso y por escrito del titular de los derechos de autor. Toda utilización no autorizada constituirá una infracción a la legislación de propiedad intelectual y podrá ser perseguida legalmente con las sanciones civiles y penales correspondientes.

AGRADECIMIENTOS

A la vida por sus lecciones.

A mi familia por su amor.

A mis lectores por nutrir mis sueños.

Para los que han sufrido por un amor no correspondido y los que han sido los causantes de ese sufrimiento.

«Nadie que ama puede ser considerado totalmente infeliz. Incluso el amor no correspondido tiene su arcoíris».

J.M. Barrie

ÍNDICE

PARTE I: Idealización

1 21
2 29
3 41
4 47
5 59
6 75
7 89
8 93
9 103
Primera carta 115

PARTE II: Quiebre

10 119
11 123
12 137
13 145
14 149
15 159
Segunda Carta 169
16 171
17 177

PARTE III: ACEPTACIÓN
18 189
Tercera carta 199
19 201
20 211
21 215
22 225

EPÍLOGO 237
EXTRAS 241

NOTA DE AUTORA 253
SOBRE LA AUTORA 255

PLAYLIST

1. **Lasso** – Elefantes en la barriga.
2. **Dstance** – Niña bonita (versión acústica).
3. **Ray Charles** – You Don't Know Me.
4. **Jonas Brothers** – What a Man Gotta Do.
5. **Shawn Mendes** – There's Nothing Holdin' Me Back.
6. **Arctic Monkeys** – I Wanna Be Yours.
7. **Duncan Laurence** – Arcade.
8. **A Great Big World, Christina Aguilera** – Say Something.
9. **Kina ft. Snow** – Get You To the Moon.
10. **Humbe** – Kryptonita.
11. **Flight School** – Somebody's Gonna Love You.
12. **Flora Cash** – You're Somebody Else.
13. **Marshmello & Anne-Marie** – Friends.
14. **Tom Odell** – Another Love.
15. **Macklemore ft. Skylar Grey** – Glorious.

PARTE I

Idealización

Mientras el pez muerto terminaba de ser sepultado, Daniel se preguntó qué tan sincera era su amistad con Melisa. Le dolía verla llorar, sí; pero, al mismo tiempo, eran esas oportunidades de poder abrazarla las que alimentaban sus verdaderos sentimientos por ella. Hacía ya mucho que no la miraba como una amiga, sino como la mujer con quien deseaba descubrirse como hombre.

Y con el entierro de cada pez dorado, la adultez se percibía más cerca. El verdaderamente salir al mundo. El conocer a otras personas. La posibilidad de no poder seguirla. Cambios, gastos y un futuro que se acercaban a paso acelerado, donde ciertos temas eran reemplazados por otros más importantes. Así como con cada pez muerto, menos lágrimas.

—Creo que ya es suficiente —susurró Melisa contra su pecho. Se apartó del suave agarre del muchacho y limpió la humedad restante de sus lágrimas—. Voy a ver si mi mamá necesita ayuda con algo.

Antes de que Daniel pudiera recordarle la importancia de las despedidas, Melisa se dirigió al interior de la casa. Rómulo, ese último pez enterrado, se había unido a sus predecesores en el jardín, llevándose consigo los monólogos más íntimos de su dueña, algunas partes de ella que también, pronto, dejarían de ser relevantes.

«*¿También dejaré de serlo?*», se cuestionó.

Daniel miró una vez más la tierra recién colocada y fue tras su amiga.

La casa de los Guzmán Reyes era más pequeña que la de Daniel, pero con una decoración más extravagante. Pinturas, esculturas y otros recuerdos de los viajes de la familia. Sin embargo, esa tarde no estaba tan ordenado y pulcro como de costumbre.

Daniel entró a la cocina. Melisa ya ocupaba un taburete, y su madre, Natalia, limpiaba con esmero la superficie del mesón. Casi en el borde descansaba el celular con el que había estado hablando con su suegra: el motivo por el que los había dejado solos en el jardín.

—Siéntate, Daniel —dijo Natalia, regalándole una débil sonrisa—. Ya te sirvo el café.

El adolescente se sentó junto a Melisa. Ella, que ya tenía una taza con café en una de sus manos, no alzó la vista de su celular. Daniel permaneció en silencio, consciente de que ambas debían estar lidiando mentalmente con la cercanía de la muerte. La enfermedad renal de Graciela, la abuela paterna de Melisa, se estaba complicando.

—Esta vez sí recordé no colocarle azúcar —indicó Natalia colocando la taza frente a él.

Daniel le agradeció el gesto. Desde que trabajaba a medio tiempo en la panadería —hacía casi un año— lo tomaba siempre así: oscuro y sin azúcar.

—¿Qué es esto? —murmuró Melisa, apartando de repente la taza de sus labios.

—¿Qué cosa? —preguntó Daniel.

—Ya vengo. Tengo que llamar a Marta.

Ella pareció no haberlo oído y se levantó. Fue a la sala para llamar desde el teléfono de casa. Al estar acostumbrados a arrebatos como esos, en los que su entorno pasaba a segundo plano y solo importaba su objetivo, Daniel volvió a concentrarse en su café, mientras Natalia seguía distraída secando platos. Solo había que tener paciencia, pues Melisa siempre regresaba para compartir los detalles con los suyos.

—Si está llamando a Marta, quizá tenga algo que ver con una noticia, o con el periódico escolar —comentó Daniel.

La tenacidad de Melisa igualaba su curiosidad por el mundo, incluida la vida de los demás. Había encontrado la manera de canalizar ambas dos años atrás, al fomentar la creación del periódico escolar, donde llevaba la mitad de ese tiempo como una de las encargadas.

—Puede ser —replicó Natalia, restándole importancia. Sacó de la nevera un trozo de torta que había sobrado del día anterior—. Ten, Melisa lo guardó para ti.

De nuevo, la chispa de lo posible hizo cosquillas en el interior de Daniel. Aunque en el fondo fuera consciente de que se trataba de una fantasía, el hecho de que Melisa hubiera pensado en él durante su ausencia resultaba alentador.

—Muchas gracias.

A la vez que Daniel comenzó a degustar el postre, la madre de Melisa se apoyó con los codos del otro lado de la barra.

—Pronto deberías confesarle tus verdaderos sentimientos —soltó Natalia inesperadamente en un murmullo.

Daniel se atragantó con unas migajas que tomaron el camino equivocado. Sus ojos se aguaron por el esfuerzo que hacía para controlar la tos. Antes de responder, se aseguró de todavía escuchar distante la voz de Melisa hablando en el teléfono.

—No sé de qué habla —susurró con esfuerzo.

Eran mejores amigos, y el temor de dar el siguiente paso y ser rechazado era demasiado agobiante. Mantenerse en su zona de comodidad estaba bien. No quería arriesgarse a perderla por ser ambicioso.

—Yo sé que sí. Y no quiero apurarte, pero creo que le haría bien poner la mente en otras cosas. Podrías ayudarla con eso.

Daniel guardó silencio por unos instantes mientras decidía qué decir. Los ojos color avellana, con la misma chispa que caracterizaba a los de Melisa, lo ponían nervioso.

—Gabriel también estaría de acuerdo —agregó ella.

—Todavía recuerdo cuando teníamos diez años y me amenazó con romper todos mis juguetes si descubría que me gustaba Melisa.

—Ya no tienen diez años y confiamos en ti.

Como si no fuera un adolescente con las hormonas a mil. Como si lo normal no fuera verla más bien como a una hermana, por haberse criado prácticamente juntos. Como si seguir callando no fuera la opción más sencilla.

—¿Qué le dijiste a Daniel, mamá? —reclamó Melisa entrando a la cocina—. Mira cómo hiciste que se pusiera.

Daniel parpadeó varias veces, intentando sacudirse el aturdimiento que le había provocado Natalia y volver a ponerse la máscara de amigo incondicional.

—¿Yo? Nada —respondió Natalia, reincorporándose para regresar con los platos.

—Mamá…

—Solo le pregunté cuándo le confesará su amor a la chica que le gusta —admitió encogiendo los hombros.

El corazón de Daniel se detuvo por un momento y agrandó los ojos faltándole el aliento. No podía creer que acabara de decir eso.

—¡¿Cómo?! —Melisa se enfocó en él—. ¿Te gusta alguien? ¿Quién? ¿Por qué no me habías dicho?

La incomodidad y el nerviosismo en Daniel se intensificaban con cada segundo que Melisa lo escudriñaba. Su cerebro pareció olvidar cómo hablar.

—¡Daniel! —insistió ella sin poder contener la curiosidad.

—Deja al pobre muchacho —la reprendió su madre—. Sabes que es tímido. Todavía no está listo para decirlo.

—Pero… Es mi mejor amigo. Yo debería saber quién es…

Daniel suspiró, logrando poner en orden sus emociones, debido a la pesadez que le generaba esa etiqueta, a pesar de ya tener demasiada práctica en cargarla. No sabía cuánto la odiaba, pero, irónicamente, lo ayudó a poner sus pensamientos en orden.

—Solo le comenté a tu mamá que es alguien que me parece linda. No la he tratado lo suficiente como para decidir si me gusta, o no —mintió—. No es importante. Por eso no te había contado.

Melisa no pareció del todo convencida.

—¿Y de dónde es? ¿Del liceo? ¿Una vecina? —interrogó.

—Hija, mejor dinos por qué tuviste que llamar a Marta. ¿Qué viste?

La mención distrajo lo suficiente a Melisa como para cambiar de tema. Se acomodó en la silla de nuevo. Daniel pudo empezar a relajarse.

—Publicaron en la página del periódico un grafiti que hicieron en la entrada del colegio. Dice que la novia del director es la mamá de uno de los estudiantes.

—¿La novia de Alberto? —preguntó Natalia, escéptica—. ¿Por qué harían algo así? Falta poco para la conmemoración de la muerte de Verónica.

—Si tiene novia, no lo ha hecho público. Antonieta nunca ha dicho nada sobre eso. —Melisa desbloqueó su celular y se lo mostró a su madre, para luego pasárselo a Daniel—. En el comentario anónimo se cuestiona si es ético o no que salga con una representante.

La fotografía e interrogante habían sido publicados en el artículo sobre el lema de Excelencia Educativa del colegio al que asistían. Llevaba dos horas allí.

—Es cierto que puede ser mal visto, pero es demasiado insensible hacer un grafiti y un espectáculo sobre eso. Tiene derecho a rehacer su vida —argumentó Natalia—. No quiero verte hablando sobre eso en el periódico.

—Pero, mamá... es un tema interesante de tratar. ¿Que salga con una representante no puede hacer que sea menos imparcial?

—Hija... —suspiró Natalia, mas no continuó con la conversación.

Conocía a su hija, y por eso había hecho la advertencia antes de que ella lo sacara a colación. No obstante, consideró que tal vez eso era lo que necesitaba para distraerse. Retiró las tazas del mesón para colocarlas en el fregadero.

—Solo no te excedas con lo que escribas —terminó de decir Daniel.

Tampoco la iba a contradecir, porque se trataría de una batalla perdida. Nada detenía a Melisa una vez una idea se le incrustaba en la cabeza. Daniel deseó poder ser impulsado por una fuerza similar para ser sincero sobre sus sentimientos.

Mientras Natalia empezaba con los preparativos de la cena, concentrada en sus propios pensamientos, y Melisa enviaba notas de voz en el grupo que tenía con otros colaboradores del periódico, Daniel se permitió simplemente enfocarse en ese momento: en el fuego de Melisa y en el miedo de no estar a su altura.

Daniel tuvo que frenar de golpe cuando el semáforo peatonal se puso en rojo, casi chocando con Melisa. Ella no lo notó: observaba con insistencia la luz, impaciente por llegar al colegio. Daniel bostezó, aún creyendo que era exagerado querer estar allí tan temprano.

—Si necesitas algún consejo para confesar tus sentimientos, sabes que aquí estoy —dijo de repente—. Puedo servirte de práctica, o algo así.

Daniel la miró de reojo. A pesar de lo concentrada que estaba en el asunto del grafiti, no había dejado pasar ese tema.

—No sé si llegue a hacerlo —contestó él. El semáforo peatonal cambió de color—. No te preocupes por eso.

—Eres mi mejor amigo. De verdad, me habría gustado saberlo antes y de otra forma.

Luego de caminar una cuadra más, cruzaron las rejas ya abiertas del colegio. Mientras subían por las escaleras, Melisa se giró hacia Daniel para decir algo más; sin embargo, al no detenerse con cautela, chocó con quien venía unos escalones más atrás de ella. Perdió el equilibrio, pero unos brazos firmes la ayudaron a estabilizarse.

—Disculpa —dijo Melisa, apartándose del agarre antes de ver quién era. Se trataba de Justin, de la otra sección de último año. Daniel lo recordaba porque sus rasgos delataban una mayor influencia de ancestros europeos—. Qué sorpresa verte tan temprano.

—Espero que sea una buena sorpresa.

Se observaban con un detenimiento que extrañó a Daniel. Que él supiera, jamás habían tenido una conversación más allá de los saludos de cortesía.

«*¿Por qué Melisa había olvidado lo apurada que estaba?*»

—Lo es, así aprovecharé de darte las gracias —contestó ella—. Me gustó mucho la película.

—Puedo recomendarte más cuando quieras —contestó él, sonriendo.

«*¿Desde cuándo se recomiendan películas?*»

Daniel carraspeó esperando que eso rompiera lo extraño del momento. Miró la hora en su celular y Melisa entendió la señal.

—Ya tenemos que irnos —se apresuró a informar antes de continuar—. Gracias.

Daniel asintió en dirección a Justin a modo de despedida.

Antes de que Daniel pudiera hallar las palabras para indagar sobre lo que acababa de suceder, Melisa se detuvo en la pared donde debía estar el grafiti. No obstante, ya había sido cubierto con pintura. Aunque fue decepcionante, no hizo comentario alguno y se dirigió al aula acondicionada para las actividades del periódico. Saludó al entrar; los efectos causados por el tropiezo con Justin dejando de ser visibles.

—Esta será una semana interesante, así que espero que estén preparados —indicó, avanzando entre los pupitres hacia su puesto habitual.

Daniel la siguió con el cuidado de no chocar con nadie ni nada en ese reducido espacio.

Apenas comenzaba el día, pero la mayoría de los integrantes del periódico ya estaban allí, pasándose vasos de jugo, prestándose útiles de trabajo y haciendo anotaciones. Pocas veces se reunían antes de que iniciaran las clases; sin embargo, lo impactante de la noticia del día anterior lo ameritó. La edición del periódico del martes no iba a ser solo sobre los deportistas destacados de la institución.

—Creí que el viernes habías terminado de entrevistar a Daniel —señaló Miguel, quien, al igual que Melisa, era encargado del periódico. Si bien Daniel solía acompañarla a todos lados, en lo referente al periódico, le daba su espacio—. No vas a poder escribir tú el artículo sobre lo de ayer…

—Solo me faltaron un par de preguntas. La siguiente hora la tengo libre, así que cuando termine aquí, me pondré con el artículo —replicó Melisa—. Encárgate de modificar la portada.

Desde la primaria, Daniel se había interesado en el ajedrez y participado en los pequeños campeonatos. Luego hubo mejor organización y, ya en bachillerato, enfrentó a estudiantes de otras escuelas representando la suya.

—Deberían consultar con el director lo del artículo —murmuró Daniel ya sentado en el pupitre a su lado.

Melisa fingió no escuchar y Miguel no tenía ánimos de discutir con ella, así que volvió a concentrarse en la pantalla de su *laptop*.

Ambos se habían ganado la confianza del director Alberto para publicar el contenido del periódico sin necesidad de obtener la aprobación de un tercero, pero ese pase libre era fácil de perder, y Daniel sospechaba que hacer referencia al grafiti y a la intención detrás generaría un escándalo. No iba a ser la primera vez que no sería escuchado y tendría que tragarse las ganas de decir: *te lo dije*.

Marta se acercó a ellos. Era un poco más alta que Melisa y sus mechones castaños lucían más rebeldes que de costumbre.

—Estoy editando la entrevista a Justin, y Úrsula está esperando a Andrea —dijo.

Como si ser interrogado por su *crush* no lo pusiera lo suficientemente nervioso, Andrea —su mayor contrincante— pronto también estaría presente. Ella era el motivo por el que llevaba un par de años sin poder ganar un torneo.

Marta regresó a su puesto y, al igual que los demás, se enfocó en su actividad. Por su parte, Melisa se sentó de lado y acomodó su *laptop* para poder mirar a Daniel mientras escribía.

—Bien, comencemos con…

Melisa fue interrumpida por el estruendo de la puerta al golpearse contra la pared al ser abierta. Una chica, con el cabello negro suelto y la camisa del uniforme por fuera, ingresó agitada, como si la hubieran estado persiguiendo.

—Disculpen la tardanza —dijo Andrea, cerrando la puerta—. Mi alarma no sonó y el chófer del transporte no quería aceptar el pasaje estudiantil.

—Siempre llega tarde a todos lados —murmuró Daniel solo para que Melisa oyera, mas la oración llegó a los oídos de la recién llegada, quien lo reprendió con la mirada.

—Y tú, jamás de primero —contestó ella, tajante.

—Por favor, no se pongan a pelear hoy —suplicó Melisa.

Después de Daniel, Andrea era la amiga más cercana de Melisa, así que solía apaciguar las disputas entre ellos, especialmente desde que surgió su rivalidad en el ajedrez. Daniel habría continuado con la discusión, pero era consciente de lo ansiosa que estaba Melisa por terminar su entrevista para poder concentrarse en el artículo del romance secreto del director. Era su último año escolar, y seguramente ese sería el tema más emocionante en meses.

Complacida con el silencio del muchacho, Andrea fue a sentarse en el extremo contrario para responder las interrogantes de Úrsula.

—Gracias —susurró Melisa, tocando por un instante la mano de Daniel.

—No entiendo cómo ambos podemos ser tus amigos —suspiró él.

Melisa se acomodó en su silla con una pequeña sonrisa.

—Son la combinación perfecta para mantenerme en equilibrio. Tú eres el tranquilo y razonable, y ella es la alocada y divertida.

Divertida. Que describiera a Andrea con ese adjetivo para diferenciarla de él fue preocupante. Daniel también quería ser visto como *divertido*, no como *el amigo aburrido*, porque esos difícilmente conseguían convertirse en ese *algo más* que él anhelaba. Volvió a pensar en el encuentro anterior con Justin. El adjetivo *aburrido* no parecía compatible con él.

—Yo también soy divertido, ¿no? Te he hecho reír… a veces.

Melisa negó y extendió la mano para colocarla por más tiempo sobre la que Daniel tenía en la mesa.

—Eres otra clase de divertido y eso está bien.

Él sintió sus mejillas arder y un cosquilleo que se propagó ahí donde sus manos se tocaban. Le encantó cómo había armado esa frase. La parte de *otra clase de divertido* avivó sus esperanzas.

—*Eh…* Marta, no creo que podamos poner esa imagen de Justin sin camisa en la portada —se oyó decir a Miguel—. Tampoco en el artículo.

—Pero es nadador y es una buena forma de llamar la atención —explicó Marta.

Antes de que Miguel le pidiera a Melisa su opinión, ella fue para ojear la pantalla donde se estaba editando la portada del periódico.

—Es demasiado bello. Sus ojos se ven incluso más verdes en esa foto —comentó una de las colaboradoras de un año inferior, quien también se acercó a la pantalla—. Tú lo entrevistaste, Melisa, ¿cierto? ¿Es tan amable como parece?

Daniel no se había enterado de eso. Ahora tenían más sentido las referencias que ella había hecho hacía un rato.

—Admito que es lindo y amable —respondió Melisa, quedándose unos segundos más de los necesarios viendo la imagen—. Pon otra foto, Miguel.

Marta no insistió, y Melisa regresó con Daniel. El chico notó cómo necesitó unos momentos para a concentrarse de nuevo en la entrevista que debía terminar. Tardó en encontrar el archivo de las preguntas, comenzó leyendo con lentitud y no volvió a mirarlo a los ojos.

Cuando la última respuesta fue dada, Daniel se despidió y salió del aula. Como Melisa se dedicaría al artículo, él aprovecharía la hora libre para repasar para el examen de Química Orgánica, mientras se esforzaba por no pensar en la nueva cercanía de su mejor amiga con Justin. Sus calificaciones eran regulares y buscaba, por lo menos, no decaer en el promedio.

La institución constaba de un patio interno, encajonado entre dos edificaciones principales de dos plantas. Unas escaleras a un costado llevaban a la cancha multiusos, ubicada en las faldas del cerro El Café. La oficina del director estaba en un espacio aparte, en una esquina del patio, con ventanas ahumadas que les daban a los estudiantes la sensación de estar siempre observados.

Daniel consideraba sentarse más cerca del aula para conseguir un buen puesto cuando vio a Justin pasar, siguiendo a un profesor. Pese a haber deseado ignorarlo, sucumbió a la curiosidad. Se detuvieron a conversar tras las escaleras. Daniel las subió y, aprovechando que el resto de las secciones estaban en clases, se agachó para escuchar.

—No estudiaste, Justin. Si no lo haces, no puedes sacar una buena nota —explicaba el profesor.

—Estuve entrenando para una competencia y no tuve tiempo. ¿En serio no puedo repetir el examen? Los otros maestros…

—Los otros maestros pueden decidir lo que ellos deseen —lo interrumpió—. Mi consejo es que le des prioridad a tus estudios y luego a lo demás. Quizá con esto aprendas a hacerlo.

—Pero, profesor…

Daniel dejó de escuchar al percatarse de que alguien bajaba por las escaleras. Era Antonieta, la hija del director. Se reincorporó de inmediato.

—Se me cayeron mis cuadernos —buscó excusarse con lo primero que se le ocurrió.

Al ojear hacia abajo, vio al profesor y a Justin con la vista en él.

—Como sea —contestó Antonieta con indiferencia para seguir con su camino.

Sin embargo, para Daniel no fue suficiente. Y, como tampoco quería darle una explicación incómoda a Justin, fue tras ella. Para su sorpresa, se dirigió a la cancha, a pesar de no ser día de deporte.

—Espera —le dijo, logrando alcanzarla en la entrada. Ella no giró para mirarlo—. Ya había guardado los cuadernos cuando llegaste. Estaba agachado amarrando los cordones de mis zapatos.

—Está bien. No me importa.

En esa ocasión, sus palabras salieron tambaleantes. La rodeó para encararla y se dio cuenta de las lágrimas en sus mejillas.

—Oye, ¿estás bien? —preguntó con suavidad—. ¿Quieres que llame a alguien? ¿A tu papá?

Antonieta se esforzó por limpiar la humedad en su rostro. Después, trató de disimular pasando los dedos por su cabello negro. Pero era obvio que había llorado y que todavía quería hacerlo. Se acercaba la conmemoración de la muerte de su madre.

—No —replicó Antonieta con voz ahogada—. Esto es por culpa de él.

Daniel no supo qué decir ante eso. No fue capaz de imaginar qué pudo haberle dicho su padre como para hacerla llorar en el colegio. Mostrarse frágil en esa jungla nunca era buena opción, por más amigable que se viera el ambiente.

El chico no dijo más, pero tampoco se fue. Ya no iba a tener cabeza para repasar para el examen, así que lo mejor que podía hacer era por lo menos no dejarla sola. Dar apoyo, aunque fuese silencioso, era bueno.

—¿Por qué sigues aquí? —interrogó Antonieta recuperando un poco la estabilidad en su tono—. No somos amigos como para que te preocupes por mí.

—No tengo por qué serlo para que me importe —contestó, decidiendo ignorar cómo las frases se tornaban hostiles—. Dime si puedo hacer algo por ti.

—Irte. Eso es lo que puedes hacer.

Daniel asintió con su expresión amigable tensa.

—Bueno. No olvides el examen que tendremos hoy —le dijo. Sus calificaciones eran peores que las de él y reprobar el primer trimestre era un mal augurio, sobre todo en el último año—. Es un porcentaje importante de la nota final.

—No necesito que me lo recuerdes —espetó, ahora sí más molesta que triste—. Sé un buen perro faldero y regresa con tu dueña, Melisa, de una vez. Quizás así, por fin, te haga caso.

Luego de soltar esas palabras hirientes, Antonieta se dio la vuelta y se alejó rápidamente de la cancha, dejando a Daniel perplejo.

No fue tanto por el drástico cambio de humor, sino por lo último que dijo. Ella, al igual que Natalia, se había dado cuenta de los sentimientos que él tenía por Melisa. No pudo evitar preguntarse quién más lo suponía, ni cuánto tardaría en llegar a oídos de su mejor amiga.

Dos emociones se instalaron en su pecho: el pánico y la expectativa. La primera, porque no sabía cómo reaccionaría Melisa ni si eso pondría en riesgo su amistad. Y la segunda, porque ya no tendría que seguir cargando con la agonía asfixiante de callar lo que su corazón demandaba.

Marta se arrimó hacia el extremo de la banca para que Andrea pudiera sentarse. La recién llegada puso frente a ella el jugo que le había pedido el favor de comprar. Como se había quedado dormida esa mañana, no tuvo tiempo de prepararse el desayuno.

—Por fin. Muero de hambre. La cola se sintió interminable —dijo Andrea, sacando la primera empanada de la bolsa grasosa—. Mi mamá me regañará si se entera de que estoy comiendo esto.

—Entonces no debiste comprarte tres —señaló Antonieta, mientras guardaba las servilletas que había usado dentro del envase de su desayuno—. La señora Gladys está llegando más tarde; por eso se hace más cola que antes.

—Es que son de pabellón. No pude resistirme. —Le dio un mordisco y luego acercó la empanada a Antonieta para soportar su argumento—. Huele qué rico.

Antonieta se apartó torciendo los ojos.

—Te creo. Ahora aleja eso de mí.

—Estás bien —comentó Marta haciendo a un lado los folletos que había estado revisando. Quedaba menos de un año para decidir a qué universidad ir, pero podía seguir posponiéndolo por ese día. Empezó a comerse los tequeños que llevó—. Un poco de masa frita no hará que engordes de repente.

—Lo sé, pero de todas formas puedo escuchar la voz de mi mamá en mi cabeza. Ya sabes, eso de que no basta con ser, sino que también hay que verse perfecta para destacar. Especialmente si estudio Derecho —replicó Andrea, y se terminó la primera empanada—. Lo bueno es que eso no impide que disfrute esta delicia.

Pese a intentar reflejar seguridad, sus amigas sabían cuánto le afectaban a Andrea el perfeccionismo de su madre y el hecho de no poder ser realmente abierta con ella sobre sus verdaderos gustos.

—Todavía estás a tiempo para decirles que quieres estudiar Artes Plásticas, Andrea —dijo Antonieta. Agarró uno de los folletos de Marta para ojearlo por un instante—. Y tú de irte a la capital a estudiar Farmacia si es lo que realmente quieres.

—Ojalá fuera tan fácil como suena —respondió Marta quitándole el folleto. Lo unió con los otros para guardarlos en su bolso—. La profesora de química me los dio solo porque siempre respondo a sus preguntas y saco buenas notas. No significa que sea lo que deseo hacer.

Marta no quería abandonar a su mamá y a su hermana menor solo por el capricho de un sueño. En esa ciudad había universidades, y podía escoger otra carrera que le permitiera quedarse. Ni siquiera estaba completamente segura de por qué ser farmacéutica había llamado su atención. Haber recibido una charla de una hora el año escolar anterior y ver, de vez en cuando, a su tía en el trabajo no podía ser suficiente. Irse solo por experimentar podía convertirse en un arrepentimiento, y aquello le asustaba.

—Tu papá mandó a pintar rápido la pared. No pude tomarle una foto con la luz del día —comentó Andrea para aligerar el ambiente.

Antonieta aceptó dejar el tema, dándose cuenta de que se había excedido.

—Él mismo la pintó. Sabe muy bien que lo que está haciendo no es bueno para la imagen de la escuela. —Antonieta lo meditó un poco antes de revelar la decisión que tomó su padre y que le comunicó hacía un par de horas atrás. Todavía sentía rabia de solo imaginar que se concretara—. La solución que encontró es pedirle matrimonio.

Andrea se atoró con la malta.

—¿Qué? ¿El grafiti lo hizo decidir eso?

—Sí, así que no fue tan buena idea para lograr que terminaran. Queda ver si ella acepta cuando se lo pida.

—Dudo que se niegue. El señor Alberto dirige un colegio, es buen padre y una persona amable —intervino Marta—. Quizá deberías…

—¿Aceptarla como madrastra? —la cortó Antonieta—. Por supuesto que no. Tal vez si fuera otro tipo de persona, pero es tan habladora y gastadora de dinero. El colegio se irá a bancarrota si mi papá se pone a complacerle todos los gustos.

—¿Y cómo se los paga ahora? Puede tener un buen trabajo y ella misma dárselos. Podrías por lo menos intentar conocerla un poco, Anto —sugirió Marta.

—O es una herencia, o inversiones, o lo que le tocó del divorcio, o la manutención del exesposo —añadió Andrea—. Hay muchas opciones.

—Si no haces el esfuerzo de conocerla, jamás lo sabrás —insistió Marta.

—Chicas, en serio no quiero hablar tanto de eso ahora. Tendré que ser más insoportable para que sea ella quien le termine —dijo Antonieta, mirando alrededor del patio en busca de un mejor tema de conversación—. Ahí va, Marta. El que te quita el sueño. Hoy se puso súper fastidioso cuando me vio llorando. No entiendo por qué te gusta tanto.

Marta alzó la vista de su desayuno. Casi al otro lado del patio, caminando hacia la cantina en compañía de Melisa, iba Daniel. Sonreía, seguramente por algo que ella había dicho.

—Mejor tómale una foto, o mira su perfil en las redes —dijo Andrea—. Yo tampoco entiendo tu fascinación.

—Es mejor que no lo entiendan. Es que es tan…

—¿Igual a ti? Tú derretida por él y él derretido por Melisa —suspiró Andrea—. ¿Y si por lo menos haces el intento de que te note más? Comenzar a jugar ajedrez, trabajar en la misma panadería, o cualquier cosa.

Marta negó y regresó la atención a sus tequeños.

—Lo he pensado, pero creo que sería demasiado. Tampoco quiero parecer una acosadora o una obsesiva.

—Yo creo que, primero, habría que lograr que se dé cuenta de que hay más chicas además de Melisa —sugirió Antonieta—. Sutilmente. Puede ser un buen inicio. El otro día estaba viendo una serie nueva sobre…

—¿La que escribe cartas de amor? Esa serie es la adaptación de un libro que me encantó —contestó Andrea—. ¿Y si le escribes cartas, Marta? Como anónima, claro.

Daniel se apoyó en el mostrador para revisar el portal del periódico escolar. Había estado ansioso durante toda su jornada en la panadería, esperando leer el artículo escrito por Melisa sobre el grafiti. Su mejor amiga no estuvo dispuesta a darle ningún adelanto, salvo que debía estar atento a la hora de costumbre. A Daniel todavía le preocupaba que Melisa pudiera meterse en problemas por no consultar antes con el director.

Refrescó la página web una vez más, sin obtener ninguna actualización de contenido nuevo. Ya llevaban casi una hora de retraso con la edición del periódico de esa semana. Estuvo tentado de enviar un mensaje a Melisa, pero guardó el celular cuando un cliente entró al local.

Aún no comenzaba la hora de mayor afluencia de compradores, por lo que había podido darse el lujo de revisar el portal del periódico. De lo contrario, no se habría atrevido. El sueldo de su empleo de medio tiempo era bueno y debía conservarlo si planeaba seguir a Melisa a donde fuera que decidiera estudiar. Porque sí, se esforzaría por ir tras ella.

Justo cuando le entregó a la señora el cartón con el monto que debía cancelar en la caja antes de retirar sus productos, el huracán que influenciaba la mayoría de las decisiones de Daniel entró a la panadería.

El chico se sujetó del borde del mostrador al ver a Melisa caminar hacia él. Daba pasos firmes y su expresión era de furia. A pesar de su estatura, de casi diez centímetros menos, Daniel sintió un leve temor y esperaba no ser el causante de ese enojo. De hecho, esos segundos rebobinó mentalmente sus acciones de los últimos días para asegurarse de que no estuviera a punto de ser asesinado.

No fue hasta que la tuvo enfrente que notó la hoja de papel en su mano. Ella la puso sobre el mostrador para que la leyera.

—No entiendo cómo podemos estudiar en ese colegio —exclamó—. «*Excelencia educativa*», puras palabras vacías y publicidad engañosa. Censura es lo que promueve.

Antes de replicar, Daniel tomó el pedazo de papel para leerlo. Lo primero que captó su atención fue la palabra, en letras bien grandes: **SUSPENSIÓN**. Luego, su mirada se fijó en el nombre completo de Melisa y en las firmas del director y de su madre, estampadas al final del documento

—¡¿Te suspendieron?! —exclamó Daniel—. ¿Por qué?

—¡Por decir la verdad!

—Melisa…

Ella suspiró. Tomó la carta de suspensión para doblarla y guardarla en el bolsillo de su pantalón.

—Bien, tal vez debí tener más tacto. Quizá fue un poco como una nota de una revista de chismes… pero estaba entretenida —admitió. Hizo una breve pausa, se balanceó sobre sus pies e internalizó lo que Daniel no necesitó decir en voz alta—. El director dijo: «*Por ignorar la ética y el respeto hacia la institución, pretender crear polémica y usar la posición de encargada del periódico para generar malestar dentro del cuerpo estudiantil en época de exámenes*».

Aunque la conociera y supiera que, seguramente, se había dejado llevar por las emociones, Daniel pensó que las palabras del director habían sido demasiado duras. Melisa podía parecer molesta, pero en el fondo debía estar sintiendo algo de frustración por haberle dicho que abusó de su puesto.

—Seguro por eso no tuvieron tiempo de subirlo a internet.

—No. Tal vez, por lo que pasó, supuso que podría mencionarse en el periódico, así que hizo una visita sorpresa cuando estábamos imprimiéndolo.

—¿Y por cuántos días es la suspensión?

—Por una semana y el castigo que me dieron mis padres es de tres. Todavía no sé si van a sacarme del periódico.

—No creo que lo hagan, eso se caería sin ti. No sé cómo harán cuando nos graduemos.

Daniel, al darse cuenta de que ya estaban hablando demasiado y percatarse de las miradas que le lanzaba su jefa desde la caja registradora, se giró un momento para tomar tres envases triangulares de plástico. Se puso los guantes desechables y seleccionó del mostrador tres trozos de torta fría, cada uno de un sabor diferente. Sabía cuáles les gustaban a los padres de Melisa y a ella, y también que algo dulce la haría sentir un poco mejor.

—No soy indispensable —la escuchó decir, antes de que entendiera sus intenciones—. Y la idea es que el proyecto siga después de mí y de Miguel. La chama nueva de tercero es comprometida y tiene cualidades de líder.

—No pienses que te sacarán. No lo harán sin que dejes todo listo —razonó Daniel—. Además, el señor Alberto también debe estar sensible por la fecha.

En realidad, él rogaba en silencio estar en lo cierto. Sabía lo importante que era el periódico para Melisa: fue su idea para fomentar la lectura y el sentido de pertenencia con la institución al iniciar la secundaria, y batalló para que el director y el consejo de profesores lo aprobaran. Sería injusto que, por una sola supuesta falla, la apartaran de su propio proyecto.

—¿Y esto? —cuestionó Melisa cuando Daniel puso los postres dentro de una bolsa frente a ella.

—Para tus padres y para ti. —Tomó un cartón y anotó los precios antes de dárselo—. Pásaselo a la señora Martina antes de salir para que lo ponga en mi cuenta, por favor.

Melisa le lanzó una de esas miradas que lo dejaban sin aliento, en las que era evidente que quería negarse, pero no decía nada porque sabía que él insistiría. Daniel era capaz de regalarle cada dulce de la panadería con tal de sentir eso siempre.

—Gracias. Mamá se pondrá contenta. Está en el carro esperándome. Solo me dejó venir para acá porque se trataba de ti.

—Claro, porque soy la buena influencia.

—Yo sé que, en el fondo, eso es solo un papel y que escondes oscuros secretos. Tal vez tú… —Hizo una breve pausa para darle dramatismo a sus palabras, pero no pudo contener la risa al ver la cara que puso su mejor amigo—. Lo siento, no se me ocurre nada malo.

—Eso es bueno. —Daniel sonrió de lado, feliz de haber disipado su enojo y de haberla hecho reír—. Me saludas a tus padres.

—Claro. También me saludas a los tuyos y, por fis, invéntate una excusa para explicar por qué estaré tantos días sin visitarte. Qué vergüenza si se enteran de la suspensión. No quiero ser etiquetada como mala influencia.

Daniel estaba indeciso sobre cuál sería su próximo movimiento. Con la mano aún en el mentón, alzó la mirada hacia su contrincante: su perro, Plutón. Ambos estaban en el suelo de la habitación, con el tablero de ajedrez entre ellos; el canino cumplía lo que se le había enseñado desde cachorro.

—¿Será que hoy me ganarás? —interrogó el chico.

El Beagle, al escuchar la voz de su amo, ladeó la cabeza, intentando entender qué era lo que quería.

—Pues, creo que no hoy —agregó Daniel segundos después al tomar su decisión.

Extendió su brazo para agarrar el alfil y así capturar la torre. Era un movimiento atrevido, pues la pieza estaba protegida por el caballo; sin embargo, se trataba de un sacrificio necesario para dejar el camino libre a su dama. Un par de jugadas más y podría cantar jaque mate.

«*Si tan solo pudiera resolver así de fácil mi situación con Melisa*», pensó.

Pero las personas eran más complejas de analizar, y los sentimientos genuinos no se regían por estrategias premeditadas.

Daniel se reincorporó con un suspiro y tomó el bol de cotufas sobre la cama. Se metió un puñado en la boca, ante lo cual Plutón se puso de pie y soltó un breve ladrido. Daniel le sonrió y se estiró para ponerle un par junto a él. El perro movió la cola y se comió la ofrenda. Solo un par no le harían daño.

Después, el chico giró el tablero para tener las piezas negras frente a él. Empezó a analizar la mejor forma de contrarrestar los posibles movimientos futuros, pero fue interrumpido por unos golpecitos en la puerta.

—Adelante —dijo.

Silvia, su madre, abrió la puerta. Su cabello castaño oscuro, del mismo tono que el de Daniel, estaba recogido en un moño desordenado. Detrás de sus gafas, sus ojos —cansados por haberse dormido tarde corrigiendo exámenes de estudiantes universitarios— escanearon la recámara de su hijo antes de ingresar.

El chico notó el ligero maquillaje en su rostro y un vestido de color alegre bajo el delantal, lo que le hizo intuir que ese día su papá cenaría con ellos.

—Hijo, quiero preguntarte algo —informó Silvia con una voz que denotaba preocupación.

El siguiente pensamiento que cruzó por la mente de Daniel fue que le había ido tan mal en el examen, que habían llamado a su madre. Y eso que creyó que, por lo menos, no reprobaría.

Daniel se puso de pie. Ante eso, Plutón aprovechó para salir de la habitación. Las cotufas no fueron suficientes para evitar su huida del aburrimiento ante la más mínima oportunidad.

—Dime.

Silvia sacó el celular del bolsillo delantero del delantal y lo desbloqueó para mostrárselo a Daniel.

—Me llegó este correo hace rato. ¿Alberto tiene novia y suspendieron a Melisa por querer escribir un artículo sobre eso? También dice que la novia es una representante.

Daniel no replicó de inmediato. Leyó primero lo que decía el correo, el cual había sido enviado por una dirección electrónica que iniciaba así: laconciencia.

LOS SECRETOS DEL DIRECTOR

¿Por qué ocultar su noviazgo si "no tiene nada de malo"?

Estimados representantes,

Me dirijo a ustedes por este medio, porque el director Alberto Márquez quiere encubrir que la mamá de un estudiante de último año es su novia. Primero, quitaron el grafiti que revelaba la verdad. Después, cancelaron la publicación de la noticia y suspendieron a una de las encargadas, a Melisa Guzmán.

¿Por qué ocultarlo? ¿Acaso hay algún tipo de favoritismo hacia ella y su hijo?

Revisen las fotos adjuntas y verán la verdad.

En vez de responderle a su madre, Daniel se quedó pensando en cómo esa persona había conseguido el correo de los representantes. Revisó los destinatarios y encontró un montón de direcciones electrónicas. También pudo ver las de los padres de Melisa.

—¿No me habías dicho que Melisa no iba a venir esta semana porque estaría ocupada estudiando para un examen de admisión universitaria? ¿Me mentiste, Daniel Alejandro? —continuó Silvia para recuperar la atención de su hijo.

El muchacho le devolvió el celular.

—Es que, mamá… Melisa estaba apenada y me pidió que no te lo dijera. No queríamos hacer las cosas más grandes y…

—Qué pena me da por ella —lo interrumpió—. El que tiene que estar avergonzado es Alberto, no ella. Quizá fue insensible de su parte querer publicar un artículo sobre eso, faltando tan poco para la conmemoración de la muerte de Verónica, pero creo que suspenderla también fue desmedido. La vida privada de Alberto es su propio asunto, pero si su novia es una representante, compartirlo con el grupo de padres habría evitado rumores de favoritismo, como este. Llamaré a Natalia y Gabriel.

Antes de que Daniel pudiera opinar algo más al respecto, su madre salió de la habitación, ya planeando en su mente qué decir. El chico debía admitir que, en momentos así, encontraba ciertas similitudes entre ella y Melisa: ese impulso desenfrenado por hacer justicia. Tal vez las clases de psicología sí tenían sentido y ese paralelismo había influido en sus sentimientos por su mejor amiga.

Daniel colocó con cuidado el tablero de ajedrez sobre su escritorio y luego se recostó bocarriba en su cama. Puso el bol con cotufas sobre su estómago y se dispuso a terminarlas, mientras se cuestionaba quién podía ser el anónimo del grafiti y del correo electrónico.

Con el pensamiento entrelazado con la imagen de Melisa y con lo solo que se sentiría en los días sin verla, el celular sonó, como si la hubiera llamado con la mente. Agarró el aparato de la mesita de noche, cuya pantalla mostraba: **Señor G**. Sin embargo, del otro lado de la línea lo saludó la voz de su mejor amiga.

—No esperaba poder hablar contigo tan pronto —respondió, ya que esa misma tarde le había dado las tortas frías.

—¿A tu mamá también le llegó el correo? —preguntó—. ¿Puedes creer que el director piensa que fui yo? O sea, como una venganza por haber cancelado la publicación del periódico y suspenderme. ¿Cómo iba a tener yo fotos borrosas de él con su novia? Creo que ni Antonieta debía estar enterada de esa mujer.

—Sí, sí le llegó. —Daniel puso el bol a un lado y sacó las piernas de la cama para sentarse bien en el borde de esta—. Obvio descubrió que mentí sobre tu examen de admisión, pero piensa que el director se excedió al suspenderte. Dijo que llamaría a tus padres.

—Seguro con ella estaba hablando mi mamá hace poco. Como que la conversación la calmó un poco, aunque todavía no me devuelven el celular.

—¿Y…? —Daniel pasó la mano por su cabello, deseando poder tenerla de frente y no al otro lado de la llamada—. ¿Cómo sabes que el director piensa eso?

—Llamó a mis padres. Pero, bueno, por lo menos que me confiscaran el celular y la *laptop* sirvió para algo, porque es imposible que haya sido yo. Además, ¿cómo habría conseguido todos esos correos electrónicos? Y tampoco haría algo así de estúpido para correr el riesgo de ser expulsada en mi último año escolar. No sería capaz de llegar a ese extremo. ¿Me crees, verdad, D?

Daniel cerró los ojos y sonrió. Le encantaba cuando le decía así y también que le importara si le creía o no. Un apodo que solo se usaba en privado remarcaba su cercanía incomparable.

—Claro que sí te creo. Nuestra cercanía incluye contarnos si estamos armando un plan para comprobar rumores y exponerlos sin filtros.

Melisa rió, mas esa hechizante melodía para los oídos de Daniel fue opacada por su próxima frase.

—¿Cómo no incluir a mi mejor amigo en mis planes de hacer el mundo arder? —dijo—. Oye, por cierto, ¿el viernes iremos a la fiesta de Miguel? Va a ser la primera fiesta del año y te recuerdo que es nuestro último año. No deberíamos faltar…

—Pero, sigues castigada, ¿no?

Silencio.

—Melisa…

—Podría escaparme. Valdría la pena.

—Tú no harías eso.

—Es el último año…

Él no entendía cuál era su insistencia con eso, como si fuera algo maravilloso. Pues no lo era. Significaba que había una gran posibilidad de que se alejaran, porque ella aspiraba estudiar en otra ciudad y, seguramente, él, si no lograba reunir suficiente dinero, terminaría matriculándose en la universidad donde daba clases su madre. De cualquier forma, la vida estaba por darles un cambio radical a ambos, y Melisa lucía emocionada, con ganas de comerse al mundo, mientras él era todo lo contrario. Ella parecía tenerlo todo resuelto, mientras Daniel veía cada paso hacia el futuro con inseguridad.

«*¿Por qué no podía quedarse todo como estaba?*»

—Si piensas hacerlo así, no iré —le respondió.

—No seas así, Daniel —refunfuñó.

—No quiero que te busques más problemas con tus padres. Tuvieras o no la razón, no les gustará que hagas algo así.

—Está bien —cedió ella—. Voy a ver si diciéndoles que tienes ganas de ir, me dan permiso. Si puedes, coloca algo en las redes sociales para mostrarlo como evidencia.

5

Daniel daba vueltas en la silla giratoria frente a su escritorio.

Ya estaba en pijama, a pesar de que apenas eran las siete de la noche y que había tenido otros planes. Estaba aburrido y no le quedaba otra opción que quedarse allí, escuchando música. Le hubiera encantado ir a la fiesta de Miguel en compañía de Melisa, pero no había hablado con ella en todo el día, así que suponía que el castigo seguía en pie. Tampoco había ido a la escuela.

De nuevo, el muchacho soltó un suspiro y revisó la pantalla de su celular, por si aparecía algún mensaje de ella. El aparato no estaba en silencio, por lo que, antes de que se iluminara la pantalla, ya sabía que la causante de su ansiedad no le había escrito.

Esta vez, Daniel alzó la vista al techo y cerró los ojos. La canción que sonaba no ayudaba en nada con su melancolía. Pese a no ser una pareja romántica, eran inseparables como una. De hecho, en varias ocasiones les habían preguntado si eran novios. Claro, Melisa siempre era la que se apresuraba a decir que no, hundiendo —sin notarlo— un puñal en el corazón de su mejor amigo.

«*¿Le avergonzaría que lo fuéramos?*», se preguntó.

Daniel dio otra vuelta en la silla y sintió cada palabra que acompañaba la melodía. Era una trágica historia de amor que no le subiría el ánimo.

Estuvo tentado a aceptar la invitación de sus padres para ver una película juntos en la sala; sin embargo, prefirió darles su tiempo a solas. Una noche libre era grandiosa; dos seguidas, era casi un milagro. Sus padres lo habían traído al mundo estando jóvenes, por lo que Juan aún libraba la batalla de crecer en su carrera como médico, y el hospital donde trabajaba sufría un déficit de personal.

Por un momento, Daniel deseó ser de los que le robaban botellas de alcohol a sus padres para, al menos, darse un trago. También deseó, por unos segundos, tener padres que compraran alcohol. Él no era el *divertido*, como había dicho la misma Melisa, pero se había hecho ilusiones con esa fiesta.

Un golpe —primero suave y luego más insistente— lo hizo abrir los ojos.

Daniel se reincorporó lentamente. Al principio creyó que podía ser Plutón en la puerta de su habitación, pero luego recordó que su mascota estaba durmiendo bajo la cama. Como para confirmarlo, el perro asomó la cabeza por el borde de la sábana que colgaba hasta el suelo, interesado en el ruido.

—Daniel —lo llamaron.

Sin ser creyente en fantasmas, el chico se acercó a la ventana y corrió las cortinas. Melisa estaba al otro lado del cristal. Llevaba puesto un vestido oscuro con escarcha, *demasiado corto*. Daniel deseó no tener protectores en las ventanas, para así poder halarla de inmediato al interior de su habitación. En su lugar, abrió la ventana.

—¿Qué haces aquí sola, así, y a esta hora? —preguntó.

—Vamos a la fiesta —dijo—. Vístete.

—¿Qué? ¿Te dieron permiso para ir?

Su amiga rodó los ojos y puso las manos en las caderas.

—Claro. De lo contrario, no estaría aquí, D. Ahora, no me dejes aquí esperando y ábreme la puerta de tu casa.

Daniel dudó por un momento. La conocía y podía estar mintiéndole. Sin embargo, eso era lo que había estado deseando todo el día, así que no iba a seguir contradiciéndola. *Quería* eso. Estaba bien ser un poco divertido, incluso fingir que le creía del todo. Parecía que el universo, por fin, comenzaba a conspirar a su favor.

—¿Por qué no tocaste el timbre?

—Vi el auto de tu papá estacionado al frente. No me habría gustado interrumpirlos si...

—Ya te abro —la cortó, sin intención de dejarla terminar esa frase.

Daniel cerró la ventana y salió al pasillo tras ponerse las pantuflas. Su madre lo regañaría si lo veía andando en calcetines.

A pesar de no quererlo, lo que Melisa insinuó lo afectó, y por eso fue encendiendo y apagando las luces conforme avanzaba hacia la entrada principal. También procuró hacer ruido, por si sus padres se habían *distraído con el otro* mientras veían la película.

Se sintió tonto por siquiera haberlo pensado cuando los encontró dormidos en el sofá, abrazados. La película seguía rodando, así que decidió apagar el televisor. Escenas como esa lo tranquilizaban, pues a veces se preguntaba cómo un matrimonio podía durar con las exigencias laborales de su padre, y su madre encargándose sola de casi todo en casa, además de su propio trabajo. Era un alivio dejar de pensar por un rato en la posibilidad de un divorcio.

Daniel caminó —lo más silencioso posible— unos metros más hasta llegar a la puerta. Melisa ya estaba de pie al otro lado y le indicó que no hiciera ruido. Ella asintió y terminó de comprender cuando también vio la adorable escena protagonizada por los padres de su mejor amigo. Daniel le pidió que lo acompañara por el corredor, pues no iba a dejarla allí, en la semioscuridad, con sus padres durmiendo.

El vestido de Melisa era, en realidad, de un tono verdoso que parecía oscilar entre negro y ese color, dependiendo de luz y el movimiento. Era la primera vez que la veía mostrar tanto sus piernas, y consideró que eso debía ser efecto de la importancia que le daba a aquella fiesta.

Ambos entraron a la habitación de Daniel. Ella había estado allí millones de veces, incluso cuando la casa estaba sola, y jamás había ocurrido nada más allá de la amistad.

Plutón, al ver quién era la invitada, salió de su cueva y le olfateó las piernas de forma juguetona, esperando cariños. Melisa sonrió y se agachó para sobarle la cabeza. Así de rápido, los pelos del animal activaron su alergia y estornudó.

Daniel, que se había acercado al armario para buscar la ropa que ya había planeado ponerse, se quedó unos instantes observándola. Sin dudas, se veía más hermosa que de costumbre. Ella no solía usar tacones, a menos que se tratara de un evento especial como aquella fiesta. Dudaba que su padre le hubiera permitido salir así.

—Apúrate, D. No quiero llegar tarde —le sonrió ella, mirándolo de reojo—. Tranquilo, no espiaré...

—Iré al baño —replicó él de inmediato.

Daniel sacó del clóset los dos ganchos con su atuendo y el calzado casual que usaría. Optó por una camisa de botones azul grisáceo y unos pantalones de mezclilla oscuros.

Caminó hasta el final del pasillo para vestirse en el baño de visita —su baño—. Era consciente de que su cuerpo no estaba tan trabajado como el de la mayoría de sus compañeros, pero le gustaba cómo le quedaba esa ropa, y Melisa, en una ocasión, también se lo había hecho saber. Se puso un poco de perfume y un toque de fijador en el cabello para lucir más pulcro.

—Ese es el perfume que te regalé, ¿cierto? Dios, me encanta ese aroma —comentó Melisa, levantándose de la silla giratoria al verlo entrar.

Daniel sintió cómo sus mejillas ardieron al evocar esa memoria compartida. Ella le había regalado ese perfume la Navidad anterior, y desde entonces él lo reservaba para ocasiones especiales que la incluyeran. Era la primera vez que ella se daba cuenta y lo mencionaba.

—Sí, gracias. —respondió él, dirigiéndose a la mesita de noche para tomar su billetera, mientras evitaba mirarla a los ojos. El celular ya lo tenía en el bolsillo del pantalón—. Estás hermosa —se atrevió a murmurar, aún dándole la espalda, en un impulso inesperado.

Oyó los tacones sonar detrás de él. Se quedó quieto, sabiendo muy bien que Melisa se acercaba. Su corazón latió con más fuerza cuando los brazos de su amiga lo rodearon por la espalda.

—Gracias, D. Ya verás que la pasaremos genial hoy. Lo necesito más que nunca.

Al volver a la sala, los padres de Daniel seguían dormidos. Él no quiso despertarlos y, como la noche anterior ya le había pedido permiso a su madre para ir a la fiesta, solo escribió una nota rápida avisando que al final sí saldría, la cual pegó en la pantalla del televisor para que no se preocuparan por su ausencia.

Esperaron en la entrada de la casa al taxi que Melisa había pedido a través de una aplicación móvil. Una ráfaga de viento hizo que la chica se estremeciera, y Daniel no perdió la oportunidad de cederle su chaqueta para que se abrigara. Verla con esa prenda sobre sus hombros le llenó el pecho de una calidez difícil de disimular.

«Sí, cualquiera que nos vea va a creer que somos novios».

Y para Daniel, estaba bien que los otros invitados de la fiesta lo asumieran así, para que se mantuvieran alejados de ella.

Media hora después, Melisa y Daniel llegaron al edificio de apartamentos donde vivía Miguel. Ellos estaban en la lista hecha por el anfitrión, así que el vigilante los dejó ingresar sin problemas. Usaron el ascensor para subir hasta una de las plantas más altas. Tan pronto como se abrieron las puertas dobles del elevador, el ronroneo de la música llegó nítido a sus oídos.

—Está como muy alto el volumen —comentó Daniel.

—Miguel me dijo que estos meses solo su familia estará en este piso. Los del apartamento de al lado se mudaron y la otra pareja está de viaje —respondió Melisa.

Ambos se detuvieron frente a la puerta del hogar de Miguel. Melisa se quitó la chaqueta, se la devolvió a Daniel y le dio las gracias, derrumbando los planes silenciosos del chico de espantar a posibles pretendientes. Luego, él tocó el timbre mientras ella revisaba su celular.

Miguel no tardó en aparecer, luciendo una camisa con un enorme tigre estampado en el pecho. Daniel frunció el ceño ante semejante extravagancia.

—¿Qué pasa? ¿Mel por fin te dijo que no? —soltó Miguel al notar la expresión del adolescente.

Daniel se quedó helado. Miró a Melisa, que seguía absorta en su celular, ajena al comentario. Solo entonces pudo volver a respirar. Otra persona que también lo intuía y acertaba.

Miguel le sonrió con picardía y le dio unas palmaditas en el hombro.

—Oigan, ¡qué bueno que pudieron venir! Vamos, pasen y emborráchense, por favor.

Melisa guardó el celular en la pequeña cartera que llevaba y soltó una risita, mientras Daniel refunfuñaba ante la petición. Un poco de vodka con jugo, tal vez. Excederse, no.

El apartamento, en el que vivía Miguel con su padre y hermano mayor, estaba lleno de adolescentes. La música urbana —que a Daniel no le agradaba— sonaba a un volumen que rozaba lo insano. Los presentes bailaban, se pasaban tragos e intentaban hablar por encima del ruido. Daniel empezó a arrepentirse de haber ido.

—Diviértanse. Iré a sacar más hielo.

Miguel les dio un empujoncito hacia adelante y luego maniobró para llegar a la cocina.

El interior no era lujoso, mas sí espacioso. La habitación principal era de concepto abierto, con la cocina, el comedor y la sala en un mismo espacio. Cada área se diferenciaba por un cambio de nivel de uno o dos escalones. Las alargadas lámparas que guindaban del techo iluminaban tenuemente, complementadas por una bola giratoria de luces coloridas que estaba sobre una mesa.

—Mira, ahí está Marta —le dijo Melisa a Daniel, inclinándose contra él para que la escuchara y señalando hacia el sofá con forma de L que ocupaba el centro de la sala—. Vamos.

Melisa tomó a su mejor amigo de la mano y lo guió entre la gente hasta donde estaban los chicos que colaboraban en el periódico. Esa sensación cálida de sus dedos alrededor de su mano le dio cosquillas en varias partes de su cuerpo. No quería que lo soltara jamás, y ese solo gesto le hizo sentir que valía la pena estar en la fiesta.

El vestido de Melisa dejaba a la vista parte de su espalda por un escote en V, por el cual Daniel no pudo evitar deslizar la mirada hasta detallar la forma en la que se movía su trasero bajo la tela. La quería en todos los sentidos de la palabra, y por eso sabía que ya no se trataba de un cariño inocente de amistad. Se había transformado silenciosamente en un sentimiento que lo emocionaba y a la vez lo atemorizaba.

El contacto de sus pieles se interrumpió cuando una chica chocó con Daniel. Él soltó una disculpa antes de darse cuenta de que era Antonieta.

—Fíjate por dónde caminas —le dijo ella.

Daniel iba a responderle con una cortesía similar, pero al notar el cigarrillo en su mano se detuvo. Era la hija del director, una muchacha de situación económica acomodada, de buen carácter —entre comillas— y que se vestía impecablemente. No era lo que Daniel imaginaba de una mujer fumadora, mucho menos a tan corta edad. Y claro, ella notó lo que pasó por la mente del chico. Para Antonieta, él era el buen Daniel, a quien le encantaba juzgar a los demás. Le mostró el dedo del medio y lo rodeó para dirigirse a las puertas corredizas que daban al balcón.

—¿D? ¿Estás bien? —preguntó Melisa, nuevamente frente a él.

—Sí, es solo que... Olvídalo.

La misma Antonieta le había dicho que no era asunto suyo, así que obedecería. Sabía que algo debía estarle ocurriendo:

primero, llorando en el colegio y, ahora, fumando en una fiesta. No estaba seguro de si se debía al aniversario de la muerte de su madre —ya habían pasado varios años desde la tragedia— o al noviazgo de su padre.

En esa oportunidad fue Daniel quien tomó la mano de Melisa para continuar hacia el sofá. Decidió que esa noche se concentraría únicamente en ella, pues había tenido razón al decir que sería la mejor primera fiesta de su último año escolar. Después de graduarse, cada uno tomaría su camino y sería difícil adivinar cuándo volverían a encontrarse. Quizá esa sería *la noche*.

Marta se levantó al verlos y saludó a cada uno con un fugaz abrazo.

—Qué bueno que lograron venir —dijo.

—Sí, menos mal. Amo tu vestido —comentó Melisa. La castaña de cabello ondulado llevaba un vestido rojo. Más recatado que el de Melisa, pero igual de hermoso con sus curvas—. Creo que debí ser más inteligente como tú al escoger el mío.

—Gracias —respondió Marta con una sonrisa—. Para mí siempre es más importante la comodidad.

Los que estaban sentados en el sofá se arrimaron entre sí para dejarles espacio a Daniel y Melisa. Frente a ellos había una mesa de patas cortas, repleta de vasos, botellas y pasapalos. En esa parte del apartamento la música se escuchaba con menos fuerza, y era más fácil escucharse entre sí.

—Es tu turno, Marta —exclamó Andrea, a un par de personas de distancia. Extendió el brazo y le pasó el celular.

—¿Qué juegan? —quiso saber Melisa, deseosa por unirse a la diversión.

—Es una aplicación de retos que descargó María —explicó Marta—. Pones los nombres de los participantes y los retos, luego cada uno se turna en darle al botón para que haga el sorteo y te salga el reto.

—Qué genial. A ver.

—¿Quieres tomar algo? —le preguntó Daniel a Melisa, buscando recuperar su atención. Sus rodillas se rozaban, y podía oler el champú en su cabello.

—Sí, D, por favor. Lo mismo de la otra vez.

Daniel se puso de pie para examinar mejor lo que había en la mesa. A sus espaldas escuchó las risas de Melisa por lo que fuera que le tocó hacer a Marta. No pudo evitar sonreír ante ese sonido que adoraba. Solo faltaba una cosa para que todo fuera perfecto: tomar la decisión de superar sus inseguridades y temores para confesar sus sentimientos. Ya tres personas lo sabían, así que era cuestión de tiempo para que los demás también lo notaran… si es que no lo habían hecho ya.

Encontró la botella de vodka suavizado con saborizante artificial y colorante azul. Era la favorita de ambos, la única que habían repetido en sus primeros meses de iniciación con el alcohol. Puso hielo hasta el tope en dos vasos, sirvió dos dedos de vodka y los llenó con jugo de naranja.

Casi se le caen los vasos cuando un par de manos le apretaron las nalgas.

El muchacho giró de golpe, completamente confundido, y se topó con Marta, que lucía sumamente apenada. Melisa se acercó y le rodeó los hombros con un brazo.

—Tranquilo, D —intervino su mejor amiga—. Ese era su reto: tocarle el trasero al hombre más cercano.

—Ah, ya. —Daniel asintió con lentitud mientras forzaba una sonrisa. De verdad no entendía la gracia de incomodar a las personas de esa forma, pero no dijo nada. Marta no era mala persona—. ¿Te sirvo un trago?

Marta negó con la cabeza y regresó a su asiento. Daniel le dio el vaso a Melisa, quien le agradeció antes de volver a sentarse junto a él.

—Ahora es tu turno, Meli —indicó Marta tendiéndole el celular.

Daniel dio un sorbo a su bebida mientras observaba a su mejor amiga pulsar el botón. Aunque no estaba actuando de manera demasiado inusual, intuía que algo le pasaba. Parecía estar buscando distraerse con urgencia.

—Revela un secreto —leyó Melisa en voz alta.

Ante eso, Andrea abandonó su lugar y se arrodilló en el suelo frente a Melisa, atenta a lo que diría. Aquello hizo que Melisa se tomara unos momentos más para pensar, sabiendo que eso la pondría aún más ansiosa. Daniel también se contagió de esa expectativa.

—El año pasado pasé Castellano, porque leía por internet los resúmenes de los libros que nos asignaban —confesó—. Es que no eran de mis géneros preferidos, así que…

—¡Y te burlaste de mí por no poder terminarlos! —exclamó Daniel realmente impactado con esa noticia.

Seis libros de narrativa densa, cada uno de más de trescientas páginas, en un año escolar, fue una labor que ninguno completó en su totalidad. Los demás también habían recurrido a resúmenes, pero Melisa no lo había admitido hasta ese instante.

—A ver, Mel… —Andrea puso las manos en el regazo de su amiga y se inclinó hacia adelante—. Hubiera sido mil veces mejor si confesabas de una vez que tú eres la que está detrás del chisme sobre el director y su noviazgo. Ese sí habría sido un secreto interesante.

—¿Yo? Por favor… —rió Melisa, sin muchas ganas. Le pasó el celular a Daniel, quien solo lo aceptó porque la castaña no lo estaba viendo a él, y el aparato pudo haberse caído—. Enviarle un correo a los padres fue demasiado.

La pelinegra suspiró y desvió la vista a la persona con quien, de existir ese secreto, realmente lo habría compartido.

—No es ella, Andrea. Es grosero que insistas y podrías meterla en más problemas de los que ya tiene —contestó Daniel, irritado con que no dejara el tema.

—Claro… y como a ti te encanta romper las reglas, seguramente te haría cómplice —se burló su eterna rival mientras se incorporaba para volver a su asiento.

—Te toca a ti, D —le dijo Melisa, dándole un ligero codazo en el brazo para dar por cerrado el asunto.

El muchacho negó.

—¿A mí? Yo no dije que quisiera jugar.

—Vamos, no seas así.

—Hazlo, Daniel. Solo hay retos sanos —animó Marta.

Él frunció el ceño ante el argumento. Tocar el trasero de alguien no le parecía para nada un reto *sano*.

—Hazlo por mí, D, ¿sí? Solo un reto y ya —añadió Melisa, después de beber un poco.

Daniel también le dio otro trago al vodka diluido en jugo. Quiso mantener su postura, pero no era tan fuerte como para negarse a sus peticiones. Además, Melisa no solía pedirle cosas de esa manera, ni insistirle en hacer algo que él ya había dicho que no quería hacer.

—Está bien —cedió.

Presionó el botón. Las diferentes opciones comenzaron a pasar rápidamente por la pantalla hasta que una sola quedó fija: **Cantar modo karaoke una canción completa**. De todos los retos sanos posibles, justo le había tocado el que más lo haría sentirse expuesto.

«*No, no iba a cantar frente a todos... y mucho menos con Melisa mirándolo*».

Antes de que Daniel pensara que lo mejor sería cerrar accidentalmente la aplicación, Melisa ya estaba encima de él, mirando qué reto le había tocado.

—Hay música, D. Nadie va a prestarte atención —dijo Melisa en cuanto Daniel se negó a cantar—. Además, hemos cantado varias veces estando solos. Piensa que es algo parecido.

Pero no, no lo era. No había sido en una noche como esa, ni con ella vestida así, ni con sus compañeros de clase presentes. Tan pronto como comenzara a cantar, se le olvidaría cómo hablar si la tenía observándolo de ese modo.

—Melisa…

—Daniel… —La chica le quitó el celular y buscó algo rápidamente. Terminó lo que le quedaba en su vaso para depositarlo en la mesa junto a su cartera y ponerse de pie—. Cantaremos esta.

Tras decir eso, le devolvió el celular a su amigo. Él también acabó su bebida y colocó el vaso junto al de ella. Todavía no quería hacerlo, pero, de todas formas, echó un vistazo a su elección. Era una de las canciones favoritas de ambos.

Por encima de la música de fondo, pudo escuchar la voz de Melisa comenzando a entonar la estrofa de la intérprete femenina. La oía claramente porque la tenía justo enfrente, moviendo sus caderas al ritmo de una melodía inexistente que, en otras condiciones, habría acompañado sus líneas. Miró a su alrededor para comprobar que su mejor amiga había tenido razón: solamente los integrantes del juego tenían los ojos puestos en ellos; el resto seguía ocupado en sus propios asuntos.

Unas palmaditas en el hombro interrumpieron el hechizo en el que se encontraba. Se topó con la mirada amable de Marta.

—Tú puedes hacerlo —le dijo.

Daniel asintió. Ese fue el último empujón que necesitaba para que su cuerpo reaccionara. Como si lo supiera, Melisa le ofreció la mano, sin parar de cantar, y él la aceptó.

Estando hombro con hombro, Daniel inhaló hondo y empezó a cantar su parte. Al principio fue en voz baja, mas elevó el tono al ser consciente de la atención de Marta y Andrea sobre ellos, especialmente por la mirada retadora de la pelinegra. Querer demostrarle que también podía ser divertido fue otro factor que lo ayudó a dejar la timidez a un lado.

Tomó de la mesa una botella vacía y la acercó a su boca para usarla como micrófono. A Melisa le gustó la idea, así que lo imitó. Luego, ella pasó el brazo por la espalda media de Daniel y se aferró a él. En respuesta, él puso su brazo sobre los hombros de ella.

Daniel se sintió eufórico. Era una mezcla del efecto incipiente del vodka y de la conciencia, más presente que nunca, de que era ese su último año escolar. Estaba bien atreverse a hacer algo distinto. Era el mejor momento para hacerlo.

Lamentablemente, la canción terminó más pronto de lo que hubiera querido. La única que les aplaudió fue Marta. Al separarse —siendo Melisa la primera en romper el contacto—, intercambiaron una mirada de complicidad.

«*No, con nadie más hubiera podido hacer algo así*».

—Bien hecho —sonrió ella—. Si quieres, siéntate. Me toca servir los tragos ahora.

Daniel hizo lo que le pidió, luego de quitarse la chaqueta, aún sonriente debido a la energía que continuaba recorriéndole el cuerpo. Por unos segundos, se había sentido como si solo existieran ellos, en su propia burbuja, y en términos distintos a los de una simple amistad. Incluso estaba considerando seriamente que esa podía ser la noche ideal para revelarle sus sentimientos. Creía estar recibiendo señales bastante claras de su parte.

—¿Ves? Pudiste —dijo Marta.

—Sí, gracias —contestó sin mirarla, porque no estaba listo para apartar los ojos de Melisa.

—Oye, entrega el celular para que juegue el que sigue —gruñó Andrea.

Daniel se lo dio, sin interesarse por quién tendría que cumplir con un nuevo reto. Así fue cómo vio, en primera fila, a Justin acercarse a Melisa. Otra vez él. El nadador estrella del colegio, quien además era considerado atractivo por la mayoría de las chicas, le susurró algo al oído a la mejor amiga de Daniel. Ella dio un pequeño salto por la sorpresa, mas después le sonrió al notar que se trataba del rubio.

La alegría que había experimentado Daniel minutos antes se esfumó, y las alarmas en su cabeza se encendieron cuando los vio saludarse con besos en la mejilla. Solía ser un gesto habitual, sí, pero Daniel *sabía* que no era costumbre de Melisa hacerlo. Afinó su oído para ver si lograba captar parte de la conversación, aunque desvió la mirada hacia su regazo para no parecer tan obvio.

—Ah, sí. Qué lindo, gracias —replicó Melisa a algo que Justin dijo, pero Daniel no pudo escuchar—. Tranquilo, estoy con mis amigos…

Ante esa mención —que también lo incluía a él—, Daniel alzó la cabeza. Justin mantenía los ojos fijos en Melisa; no obstante, ella lanzaba miradas furtivas en dirección a Daniel. El castaño interpretó eso como una señal y reunió la determinación suficiente para ponerse de pie. Iba a hacer notar su presencia. Porque sí, Melisa había ido a esa fiesta con él.

No podía permitirse tener a Justin como competencia, porque sabía que no ganaría. Ni en apariencia, ni en simpatía, ni en destreza atlética.

—Hola —saludó Daniel, ofreciéndole la mano.

Fue su voz lo que hizo que Justin lo mirara. Le estrechó la mano con la misma fuerza de quién intenta defender lo que considera como suyo.

—Hola. Daniel, ¿cierto? El que juega ajedrez.

—Sí. Tú eres el que nada.

Intercambiaron sonrisas tensas, pero cordiales.

—¿También viste a D cantar? Lo hizo genial —comentó Melisa, tras darle un trago a su bebida.

—Sí, son un dúo increíble. Es obvio que son grandes amigos —respondió Justin. Luego bebió de su propio vaso y, después de escanear brevemente su entorno, añadió—: Bueno, me gustó verte, Melisa. Ya sabes, si necesitas hablar sobre ese tema, me dices. No importa la hora.

La expresión de la adolescente vaciló por un instante, pero asintió. Se despidieron con otro intercambio de besos.

A Daniel le intrigó a qué tema se refería, además le sentó mal que Justin lo mencionara de esa manera, como si hubiera un secreto que los uniera, es decir, uno donde él estaba excluido.

«*¿Cuándo se habían vuelto tan cercanos? Si Melisa no había ido al colegio por la suspensión... ¿entonces chateaban?*».

—Ten, D.

Melisa le entregó su vaso justo cuando Justin se perdía entre la multitud danzante. Ese simple gesto le dio una idea.

Movido por los celos, y decidido a reunir aún más valor, Daniel bebió el contenido del vaso de golpe. Terminó tosiendo, con un ardor insoportable descendiendo por su sistema digestivo, pero eso era justo lo que necesitaba. Si ese era el precio para que su lengua se soltara y lo que sentía saliera a flote, estaba dispuesto a pagarlo. No podía darle a Justin más tiempo y oportunidades para ganar terreno con su mejor amiga.

—¿Estás loco, Daniel? ¿Cómo te tomas eso así? —exclamó Melisa, dándole unas palmadas en la espalda.

—Estoy bien. Tranquila. Un poco de descontrol está bien, ¿no?

Ya antes había temido que Melisa se fijara en alguien más y él perdiera cualquier esperanza de que fueran novios. Sin embargo, nada había sido tan significativo como la repentina cercanía que ella tenía con Justin, quien, además, era sinónimo de novio perfecto.

—Eh... sí. Yo sé que es lo que siempre te digo, pero...

—¿Quieres bailar? —la interrumpió.

Daniel puso su vaso vacío en la mesa y tomó sus manos.

—¿Esa música urbana y sexista que odias? —preguntó, incrédula.

Se quedó mudo por un momento. No, no iba a bailar ese género con ella. No era por menospreciar a quienes sí les gustaba, pero no era lo que quería de fondo si hacía lo que planeaba.

—Vamos al balcón —sugirió.

Era evidente que Melisa estaba cada vez más confundida con la actitud de Daniel; sin embargo, le permitió guiarla a ese lugar del apartamento. Atravesaron las puertas deslizantes y salieron. La brisa continuaba siendo gélida, pero había algunas personas afuera también. La música casi no se escuchaba, era una atmósfera agradable para tener conversaciones más íntimas.

El balcón se extendía por la mitad de la fachada frontal del edificio. Había algunas palmeras en macetas y una que otra planta más pequeña. En unos sillones de mimbre había un grupo de adolescentes concentrados en su propio juego de tragos. Un poco más allá, Daniel divisó a Antonieta fumando mientras hablaba con otra chica. Les restó importancia y escogió el rincón más distante para tener un momento privado con Melisa.

—Creo que ya estás borracho, D —dijo ella. Divertida por la situación, mientras bebía un poco más.

—No sé —admitió él con una sonrisa torcida.

Luego, de forma repentina, giró para que estuvieran frente a frente. Con su mano libre, seleccionó en su celular una balada que sí era acorde a lo que quería crear. La canción sonó en un volumen que solo fuera audible para ellos y Daniel guardó el dispositivo en el bolsillo delantero del pantalón para que no estorbara.

—Sí estás loco —murmuró Melisa.

A pesar de sus palabras, dejó su vaso de plástico en el borde del balcón y tomó las manos de Daniel para comenzar a bailar a paso lento.

Mantenían una distancia prudente. Se mecían de un lado a otro, se miraban y sonreían. Aquella canción también la habían escuchado en varias oportunidades. Melisa entonaba la letra por lo bajo y Daniel sentía que el corazón le iba a explotar. Todo era sencillamente mágico. Parecían estar rodeados por una cortina de humo que los separaba del resto. Su boca se sentía seca, y lo único que deseaba era que Melisa la humedeciera con sus labios. Pero, por ahora, se conformó con hacerlo él mismo.

—¿Quién crees que pueda ser laconciencia? —preguntó Melisa, justo cuando comenzó la parte instrumental de la canción.

—No sé... ¿El hermano de Miguel, quizás? Recuerdo las bromas pesadas que hacía en el colegio. Casi fue expulsado un par de veces —respondió Daniel con lo primero coherente que ideó. Quería solo enfocarse en una cosa y no era precisamente en ese tema

—No creo. ¿Por qué haría eso si debe estar ocupado con la universidad?

Daniel encogió los hombros.

—El rencor puede ser impredecible, ¿no? Y las personas a veces se comportan de manera extraña.

—En eso tienes razón. Además, creo que uno de sus amigos es hijo de una de las asistentes en administración. Así pudo haber tenido acceso a los correos electrónicos de los padres y...

Daniel la trajo hacia él. Melisa calló ante la sorpresa e impactó contra el pecho de Daniel; sus rostros, muy cerca.

—Disculpa —susurró al notar que había sido brusco.

La sintió temblar contra él. A pesar de encantarle esa cercanía, impuso unos centímetros de distancia entre ambos, haciéndola girar como si volvieran a ser niños. Melisa tuvo la misma sensación y soltó una risa dulce. Al quedar de nuevo cara a cara, fue ella quien lo abrazó. Con la mejilla de su terremoto personal sobre su hombro, siguieron bailando despacio. La canción ya había cambiado, pero el ritmo seguía siendo lento.

—No hablemos de laconciencia, M —pidió Daniel—. Mejor dime por qué quieres fingir con tanta insistencia que todo está bien.

Melisa intentó apartarse, pero él no lo permitió. No dejaría que se pusiera armadura. Sabía que no se abriría si la veía directamente a los ojos. Ella era la fuerte, no él.

Más allá de consolarla, Daniel quería reafirmar la confianza especial que existía entre ellos, su privilegio de ver lo frágil que Melisa podía llegar a ser. Veía eso como una ventaja frente a los demás chicos.

—Los nuevos exámenes de mi abuela dieron resultados peores —dijo.

Seguían moviéndose, y a Daniel se le difuminaban cada vez más los límites impuestos por sus miedos. Con una mano la mantuvo contra él, y con la otra le acarició el cabello.

—Aquí estoy —afirmó con suavidad—, y siempre estaré.

—Lo sé, D.

Se removió contra él.

Daniel inhaló hondo. Pese a acabarle de comunicar malas noticias para su familia, quiso saborear ese momento. Solo él quería ser digno de ser su apoyo y se esforzaría para que nadie le quitara ese lugar.

Tomó su decisión.

—Melisa —murmuró.

La apartó un poco para poder verla a los ojos. Notó las lágrimas acumuladas en ellos; ahí estaba lo que ella había tratado de enterrar. Sintiéndose capaz de cualquier cosa por ella, Daniel acunó su rostro en sus manos. Quería demostrarle que hablaba en serio, que siempre estaría a su lado, pues no se imaginaba con nadie más.

Los ojos de Melisa se agrandaron al leer en su mirada lo que él sentía, pero no pudo articular palabra. Daniel unió sus labios con los de ella en un breve y tímido beso, cargado de inseguridades. Cerró los ojos durante esos escasos segundos de roce. Fue un contacto suave e inexperto, y se apartó al no recibir respuesta inmediata.

Tan pronto como lo hizo, se arrepintió de ceder a su impulso. Melisa no decía nada aún. Solo lo observaba, como decidiendo qué hacer. A Daniel le dio cierta esperanza el hecho de que no saliera corriendo, o lo abofeteara. No obstante, conforme transcurrían los segundos, el pánico lo fue invadiendo.

«*Había sido un error besarla*».

O no.

Así como fue de inesperado ese beso para ella, también lo fue para Daniel cuando Melisa se estiró hacia adelante para juntar sus labios una vez más. Esta vez, sí fue un gesto correspondido. Todas las cadenas mentales que Daniel se había autoimpuesto, desde que le puso nombre a sus sentimientos por ella, se rompieron. Dejó de contenerse. Se aferró a ella y a esa oportunidad.

Melisa le rodeó el cuello con sus brazos, y él la envolvió en un agarre suave para mantenerla cerca. Ella iba a poder alejarse en el segundo que lo quisiera. La besaba una y otra vez, sin tener suficiente, con una emoción que no le cabía en el pecho. Le costaba respirar, pero no pretendía dejarla ir, pues temía que el choque con la realidad destruyera la ilusión que cobraba fuerza en su interior.

La vibración en su bolsillo lo distrajo por un instante, sin embargo, decidió ignorarlo. Las manos de ella terminaron en la camisa de Daniel y cortó el beso, sin separarse demasiado. Todavía estaba en sus brazos, y aún sus alientos, con trazos de alcohol, se entremezclaban.

—Es tu teléfono. Te están llamando —susurró sin mirarlo a la cara.

Daniel maldijo para sus adentros. Sacó el celular solo para ver quién era antes de rechazar la llamada. Cambió de opinión al ver el nombre del padre de Melisa.

—¿Señor G? —respondió, confundido.

Los ojos de Melisa se encontraron con los de su mejor amigo. Se mantuvo atenta a lo que podía decir.

—Dime que mi hija está contigo, Daniel —fue la respuesta, con sequedad.

—Sí, aquí está —replicó—. Nosotros…

—¿Están en esa fiesta, cierto? Dile a Melisa que estoy afuera esperándola.

—Eh, sí. ¿Pasa algo, señor Guzmán? Yo…

—Rápido, chamo.

El padre de Melisa colgó.

Daniel se quedó mudo por unos instantes. Cuando notó la mirada de Melisa llenarse de lágrimas, él intentó decir algo, mas las palabras se quedaron atascadas y ella se apartó para salir corriendo.

En lugar de armar una escena y gritar su nombre, Daniel fue tras ella. Por el tono molesto de su padre, intuyó que Melisa sí se había escapado de casa para asistir a la fiesta. Sin embargo, había algo más; algo no dicho en esa llamada que le provocó angustia.

La persiguió para estar a su lado y encarar lo que viniera, pero correr tras ella y no poder alcanzarla fue una pesadilla materializándose.

El estar equivocado.

El no ser suficiente.

El no ser correspondido.

Todo eso fue parte de su tormento.

Daniel llegó al grupo de personas con varios metros de retraso. La música le retumbaba en los oídos, y se arrepintió de no haber gritado su nombre antes.

—Daniel.

Miguel se interpuso en su camino. Estaba sin camisa.

—Estoy apurado —se excusó él.

Intentó rodearlo, pero el anfitrión lo sujetó de la manga de la camisa.

—Espera, tengo que decirte algo —insistió.

Daniel vio a lo lejos la puerta principal abrirse y a Melisa saliendo al pasillo del edificio.

—Después —gruñó él.

Se zafó del agarre de Miguel y se apartó para terminar de maniobrar entre la multitud. A pesar de sus esfuerzos, no logró alcanzarla. Una vez en el corredor, se topó con las puertas del elevador cerrándose. Y, ya en la calle, tuvo que conformarse con ver cómo el carro del padre de Melisa se alejaba.

Andrea le regresó el teléfono a María y se levantó del sofá. Marta ya estaba tardando demasiado en el baño. Se detuvo en seco cuando Melisa pasó con apuro frente a ella, tomó su cartera y se fue sin despedirse. Unos pasos más atrás apareció Daniel, con la misma prisa, aunque sin lograr alcanzarla. Ante esa escena, Andrea agradeció que Marta no hubiera vuelto aún. Presenciar ese desespero habría sido innecesario después del dúo de karaoke.

Maniobró entre la gente hasta el pasillo que conducía a las habitaciones y al baño. Ya había estado antes en ese apartamento por tareas en grupo. Tocó la puerta y, al no recibir respuesta, intentó abrirla. Marta no estaba allí.

Al retroceder, Andrea chocó con alguien. Cuando giró pudo confirmar que era Antonieta, ya que reconoció su perfume antes que su rostro.

—Disculpa —dijo la hija del director—. Creí que ibas a entrar al baño.

—Tranquila. Estaba buscando a Marta, pero no está.

—Creí que Melisa no vendría hoy, pero la vi con Daniel. ¿Será que se fue?

—No creo. Se suponía que íbamos a compartir el taxi de regreso. —Andrea sacó su celular del bolsillo interno de la chaqueta. No había ningún mensaje ni llamada—. Tampoco me ha avisado nada.

Antonieta se recostó contra la pared y marcó el número de Marta, compartiendo la misma preocupación.

—No responde. Le enviaré un mensaje.

—Si no contesta en unos minutos, podemos buscarla donde están bailando o en el balcón —sugirió Andrea. Esperó a que Antonieta terminara para aprovechar y hacer la pregunta que tenía pendiente—. ¿Cómo estuvo el almuerzo de hoy? ¿Tu papá le propuso matrimonio?

—No lo hizo. Me imagino que debe estar planeando hacerlo después de la misa del domingo. Todavía tengo tiempo para impedirlo.

—¿Y qué piensas hacer ahora?

Andrea siguió hacia dónde Antonieta había desviado la mirada. En un rincón estaba Justin, su futuro hermanastro, charlando con sus amigos.

—¿En serio crees que colaborará contigo para romper la relación entre tu papá y su mamá? —inquirió.

—Revisé sus calificaciones. No le está yendo muy bien y necesita aprobar si quiere competir la próxima temporada. Quizá pueda conseguir las respuestas de uno de los exámenes y ofrecérselas.

—¿No sería demasiado? ¿Y si mejor le ofreces ayudarlo a conquistar a Melisa? Los vi hace rato y es obvio que le gusta.

Antonieta volvió a mirar a Andrea.

—Aunque eso quizá le deje el camino libre a Marta, no quiero darle un motivo más para quedarse y no seguir su sueño de ir a la capital. En parte me alegraría si vio a Daniel babeando por Melisa. ¿Eso me hace una mala amiga?

Sin tener que decirlo en voz alta, Andrea sabía que el amor podía cegarnos de contemplar el panorama completo y evaluar cada factor, con tal de aferrarnos a un sentimiento que quizá no estaba correctamente definido. En general, un posible primer amor, con bases tambaleantes, no debería impedir el desarrollo personal y profesional.

En ese aspecto, Andrea estaba de acuerdo. Ella misma se había cohibido de perseguir ciertos anhelos por no estar preparada para enfrentar las repercusiones. Se podía querer mucho a alguien, pero eso no significaba que lo mejor fuera estar juntos. Allí estaba Antonieta: lo suficientemente cerca para conversar por encima de la música, pero, a la vez, inalcanzable.

—No lo hace —murmuró Andrea—. Tampoco le diré que eso es lo que pensamos.

La hija del director tuvo que acortar más la distancia por lo bajo que respondió. Andrea sintió en los dedos el picor de desear tocarla: su cabello alisado a la perfección, su rostro maquillado con destellos de escarcha, el cuello y los hombros descubiertos.

—¿Entonces te parece bien la idea? —preguntó Antonieta.

Pero Andrea no supo a qué idea se refería. Se olvidó de Justin, de robar respuestas y del *crush* de Marta. Solo podía concentrarse en la chica frente a ella. Por eso notó el momento preciso en que miró por encima de su hombro.

—Ahí está Marta... —indicó, sacudiéndola de su embeleso—. Está saliendo del cuarto de Miguel.

Andrea se dio la vuelta y, la hasta entonces desaparecida, las identificó. Se quedó paralizada aún sosteniendo el picaporte de la puerta con el nombre de Miguel escrito en un letrero. Andrea y Antonieta fueron las que se acercaron.

—¿Estás bien? ¿Qué hacías ahí? —cuestionó Antonieta.

Sus rizos estaban enmarañados y el delineador corrido. Había estado llorando.

—¿Miguel te hizo algo? —añadió Andrea enseguida.

Eso hizo que Marta reaccionara. Las tomó de las muñecas y las haló lejos de la habitación, llevándolas al baño, donde cerró la puerta tras ellas.

—Marta, me estás asustando —admitió Antonieta.

—No pasó nada. Solo nos besamos y me puse a llorar porque no podía dejar de pensar en Daniel —contestó—. Qué pena con Miguel.

—¿Y... por qué lo besaste?

—Fue por la cercanía de Daniel y Melisa hace un rato, ¿cierto? —intuyó Andrea—. Ya se me hacía raro que estuvieras tan animada.

—Tal vez no sea el mejor momento para contar esto, pero los vi besándose en el balcón y luego ella se fue corriendo —comentó Antonieta—. Creo que esa amistad no durará mucho más.

Daniel, durante mucho tiempo, creyó que lo peor que podía pasarle era ser rechazado por Melisa, pero, en realidad, lo más angustiante fue la incertidumbre. No saber nada de ella desde el beso lo atormentaba. Ni sus padres ni la propia Melisa respondían a sus llamadas o mensajes.

Se avergonzaba en silencio de estar tan enfocado en sus anhelos y por ser egoísta. Intuía que la ida abrupta no había sido solo por haberse escapado de casa, sino a algo grave relacionado con su abuela Graciela. No obstante, lo que le carcomía el corazón no era la preocupación por la triste situación familiar, sino la duda sobre cómo sería su relación con Melisa después de haber confesado sus sentimientos. Las galletas de avena, la billetera tejida y las historias compartidas durante sus visitas ya no parecían tener ningún peso.

—Los Guzmán no vendrán, hijo —dijo Silvia, colocando una mano sobre su hombro, intentando que dejara de buscarlos en el interior de la iglesia—. Vamos a sentarnos cerca de Alberto.

Daniel asintió, decidiendo no preguntar cómo lo sabía.

Así como Natalia se había dado cuenta de que le gustaba su hija, Daniel suponía que su propia madre también lo intuía. Sin embargo, no estaba preparado para abordar una conversación sobre ese tema. No quería decir en voz alta sus miedos y hacerlos realidad.

—Hablé con Gabriel hoy. Viajaron para despedirse de la abuela de Melisa —agregó Silvia en un murmullo cuando ya habían ocupado una de las bancas de madera. En la primera fila estaban Alberto y Antonieta, acompañados de algunos parientes. La supuesta novia no estaba—. Le queda poco tiempo.

Al muchacho no le quedó más que volver a asentir.

No podía tomar un avión ni subirse a un bus para estar con Melisa en ese instante. Ni siquiera podía contactarla. Era un momento íntimo para su familia y, por más cercanos que fueran, él no formaba parte de ella.

Permaneció en silencio, con la vista fija en el altar. Un arco pintado de amarillo enmarcaba la cruz sobre un lienzo de cerámica color crema, bajo un vitral de la Virgen. Se puso de pie cuando ingresó el sacerdote que auspiciaría la misa, y escuchó las palabras con atención. Pidió perdón y deseó poder ser el apoyo que Melisa necesitaría para sobrellevar la inevitable muerte de su abuela paterna.

La familia de Daniel no era muy religiosa, pero siempre acompañaban al director Alberto y a Antonieta en la misa por el fallecimiento de Verónica. La madre de Antonieta había muerto de cáncer cuando iban en el último año de primaria, y su partida fue un golpe duro para toda la comunidad estudiantil. El colegio había sido fundado por los abuelos de Antonieta, y luego quedó bajo la administración de Verónica. Con su enfermedad y posterior muerte, Alberto asumió la responsabilidad de todo. Los padres de Daniel se habían conocido en ese mismo colegio.

—Iré a excusar a Gabriel y Natalia con Alberto. Ve a ver si ya está tu papá afuera —le indicó Silvia cuando la misa terminó.

Los asistentes comenzaron a abandonar la iglesia, construida en la época colonial. Daniel salió por la puerta central hacia la plaza. No era fácil estacionarse en esa zona, así que lo más probable era que su padre los recogiera por la calle lateral. Había trabajado el turno nocturno y no fue a la misa para poder dormir unas horas.

Daniel no vio el auto de Juan. Pretendió regresar al interior de la iglesia, pero se detuvo al mirar a Justin bordeando la plaza. Después de haber presenciado lo amistoso que era con Melisa, se preguntó si quizá él sí había logrado hablar con ella.

Lo siguió por un pasadizo de la plaza. Mientras ideaba qué decirle, se sorprendió al notar que Antonieta se acercaba por el lado contrario. Ambos se sentaron en una banca. Intrigado por el hecho de que conversaban allí y no en la iglesia, Daniel mantuvo la distancia y se ocultó tras un árbol.

No pudo escuchar lo que decían, sin embargo, la corta distancia en la que hablaban no parecía propia de simples compañeros de colegio. Antonieta sacó de su cartera una hoja doblada y se la entregó a Justin. El rubio también le pasó un papel.

«*¿Cartas de... amor?*», se preguntó.

—¿Hijo?

La voz de su padre llegó hasta los oídos de los adolescentes en la banca. Ambos giraron y se pusieron de pie, escondiendo lo que habían intercambiado. Daniel tuvo que improvisar su mejor actuación. Otra vez.

—Papá, creí que vendrías por este otro lado. Pensaba asustarte —intentó disimular el haber estado espiando.

—¿Asus… tarme? —inquirió Juan, confundido. Luego enfocó la mirada en los compañeros de su hijo—. Creo que ya tenía casi un año sin verlos. Han crecido bastante.

—Un gusto verlo, señor Romero —dijo Justin—. Yo ya debería ir a mi entrenamiento.

—Mi papá seguro se estará preguntando dónde estoy —comentó Antonieta para retirarse también—. Gracias por venir.

Justin y Antonieta se fueron por caminos opuestos. Ninguno volvió a fijarse en Daniel.

—También deberíamos ir por mamá —habló el chico antes de que Juan pudiera hacer preguntas sobre la extraña escena.

Juan decidió dejar las cosas así.

—Bien, vamos. Hoy iremos a comer pizza.

El lunes, Daniel aún no había logrado comunicarse directamente con Melisa. Sin ella a su alrededor, se sentía incompleto.

—Daniel, ¿estás bien?

La voz de Marta a sus espaldas hizo que se detuviera en medio del patio. Ya faltaba poco para que terminara el día de clases y el director los había convocado a una asamblea en la cancha. Era la última oportunidad del día para que la chica se acercara a él.

—Sí, ¿por qué? —respondió con tono áspero, girando para mirarla.

Su expresión permaneció lúgubre, como lo había estado desde temprano. Ella no era Melisa, y él no tenía ganas de fingir buen humor.

—Por nada —murmuró ella, arrepintiéndose de haberse dirigido a él.

Apretó la correa de su bolso y siguió de largo hacia la cancha. Daniel fue consciente de no haber tenido la mejor reacción. Fue tras ella para disculparse. En las gradas, ocupó el espacio a su lado.

—Lo siento. Estoy preocupado por Melisa —admitió.

—Todos lo estamos, Daniel.

No replicó. Nunca había sido el más hablador. Solo con Melisa el ambiente cambiaba, porque ella lo complementaba al punto de ser extrovertida por los dos y sacarle las palabras con facilidad.

Ambos esperaron en silencio a que el resto de los estudiantes terminaran de ingresar. El director llegó acompañado de un grupo de padres, entre ellos estaba Silvia. Alberto saludó a los profesores presentes a un costado del espacio, y luego se acercó al micrófono ubicado en el medio para él.

—Los convoqué esta tarde, jóvenes, porque, frente a los padres, profesores y ustedes, quiero hablar sobre un rumor de los últimos días. Por respeto a mi familia, a ustedes y a la institución, aunque se trate de mi vida privada. —Hizo una pausa, en la que recorrió las gradas con la mirada—. Efectivamente, tengo una nueva compañera de vida y es una representante. Esto no interfiere con mi labor ni con mi imparcialidad. Lo hemos mantenido en privado, y así seguirá por un tiempo más, porque hay decisiones que no pueden tomarse a la ligera.

Aunque era un tema poco convencional para una asamblea, el director lució tranquilo. Ya no estaba molesto por lo del grafiti, ni por el artículo que quisieron publicar. Internalizó que ese era el empujón que le había faltado para darse cuenta de lo importante que era su relación. Para darse cuenta de que tenía más fuerza que la culpa o el miedo. Que ya estaba listo para avanzar.

—También quiero informarles que falleció la abuela de su compañera Melisa Guzmán. Ella no vendrá al colegio durante la semana, pero, cuando lo haga, espero que todos la apoyen como la gran familia que somos. Sé que la muerte…

Daniel dejó de escuchar el resto de las palabras. No podía creer que se enterara de la noticia como cualquier estudiante más. Quiso poder teletransportarse para recordarle a su mejor amiga que seguía estando para ella. No fue consciente del minuto de silencio que decretaron en simpatía por la familia Guzmán, ni de la sugerencia de enviar sus condolencias a Melisa.

En un intento de apaciguar su necesidad de respuestas, Daniel sacó su celular y buscó en las redes sociales alguna publicación que confirmara la noticia. Quiso golpearse a sí mismo al encontrar varias condolencias en el muro de los padres de Melisa desde el día anterior.

—Soy un estúpido —murmuró.

Decidió abandonar la cancha para llamar a Natalia. Melisa no tenía publicaciones recientes y, aunque le hubieran devuelto el celular, seguro se había encerrado en sí misma y preferido excluirse.

Descendió de las gradas ignorando todo a su alrededor. El director e incluso Silvia le pidieron que regresara a su asiento porque la asamblea no había terminado, pero él no los escuchó. Saber de Melisa era más importante que cualquier otra cosa. Recordarle de su existencia y apoyo fue su prioridad.

Mientras bajaba hacia el patio, hizo la llamada. En el segundo intento, recibió respuesta.

—Hola, Daniel —contestó Natalia—. En estos momentos Melisa no…

—Discúlpeme por no llamar antes —la interrumpió—. Acabo de enterarme. Lo siento mucho. Mi sentido pésame.

—Gracias. Tranquilo. Todo fue tan rápido y no… Bueno, Meli no ha estado muy comunicativa y hace lo posible por no tocar el celular. Supongo que por eso… —Respiró hondo—. Hablé con Silvia esta mañana, pero como estabas en clases, seguramente esperó para decírtelo.

—Entiendo que no quiera hablar. Sé lo mucho que le afectó la enfermedad de su abuela. ¿Puede decirle eso, por favor? Que no estoy molesto y que aquí estaré cuando esté lista. Que recuerde lo que le dije en la fiesta.

—Sí, claro. Yo le digo. Gracias por ser tan lindo con ella y por cuidarla. Gabriel también te lo agradece —respondió, esparciendo un poco de calma en Daniel—. Cuando volvamos, sé que necesitará mucho de personas como tú, y es un alivio que estés en su vida.

—Aquí estaré. No se preocupen.

—Gracias de nuevo. Cuídate, y saludos a tus padres.

La llamada finalizó, y Daniel apretó el celular contra su pecho. La conversación había sido agridulce. Tendría que esperar algunos días para tener a Melisa otra vez con él y continuar con su papel de mejor amigo.

—Oye, ¿ya terminaste de enloquecer?

Daniel bajó su mano y guardó el celular antes de girarse. Antonieta lo observaba con la ceja alzada y, detrás de ella, se veía a los demás estudiantes saliendo de la cancha.

—Eso no te importa —contestó, con ganas de devolverle el mismo tono cortante. Tampoco quería darle espacio de mencionar lo sucedido en la plaza.

—Ten. —Antonieta le arrojó su bolso—. Se te quedó en la cancha. Marta me pidió el favor de dártelo.

—Gracias —respondió, sin intención de alargar la charla. Ella no se fue—. ¿Algo más?

—Dios, estás insoportable, y eso que solo ha sido menos de una semana sin Melisa. ¿O acaso es porque salió corriendo después del beso? ¿Se arrepintió?

Los ojos de Daniel se agrandaron. Acortó la distancia entre ellos, con la intención de que la conversación no fuera escuchada por los demás.

—¿Nos viste?

—Por supuesto, albahaca. Estaban en el balcón, y yo también.

Daniel apretó los labios. Su desagradable apodo pasó a segundo plano. Lo primordial era que no sabía cómo tomar el hecho de haber sido visto. Por un lado, le hacía ilusión que se enteraran de lo suyo; por otro, le atemorizaba que el chisme le sentara mal a Melisa. No habían hablado de eso, por lo que desconocía su posición y, aunque doliera, cabía la posibilidad de que ella quisiera esperar antes de oficializar algo. Si es que llegaban a ese punto.

«*¿Y si cree que fui yo quien lo contó para presionarla?*».

—No se lo digas a nadie, por favor —pidió, ya sin hostilidad—. Todavía no sé en qué página estamos. Y… yo tampoco diré nada sobre Justin y tú.

—¿Justin y yo? ¿Lo dices por lo que viste en la plaza? —cuestionó ella.

—Claro.

Antonieta sonrió y se acercó otro poco.

—A Justin le gusta más Melisa. He escuchado cosas y creo que ya comenzó su plan de conquista. ¿Quieres jugar a que se mantengan separados?

Antonieta le dio a Daniel hasta ese jueves para decidir si quería su ayuda para seguir siendo el chico más cercano a Melisa. Como si necesitara otro tema en el que sobrepensar hasta altas horas de la noche.

«*¿Una alianza para que otro no conquiste a Melisa?*».

«*¿Entonces a Antonieta le gusta Justin?*».

«*¿Lo que vi fue a él rechazándola?*».

«*Pero, ¿qué le había dado él en la hoja?*».

—Oye, albahaca. —Un avión de papel golpeó a Daniel en la cabeza. Él giró para fulminar a Andrea con la mirada. Ella sonrió con malicia—. ¿Sabes a dónde iré este fin de semana?

Esa semana, Andrea había estado demasiado insistente en molestarlo. Era lo opuesto a Marta, que buscaba sacarle conversación. A su manera, ambas colaboraban para que Daniel no se redujera al alumno solitario del rincón. Melisa no estaba para sacarlo sin esfuerzo de su papel de espectador.

—A los juegos municipales —respondió Daniel—. Lo has dicho una y otra vez todos estos días. Felicidades. Ojalá ganes.

Regresó su atención hacia el frente del aula.

Otro estudiante que también iría era Justin. Eso Daniel lo sabía muy bien. En la entrada de la institución había un gran cartel con el rostro y los nombres de quienes representarían a la escuela. Todos estaban invitados a brindar su apoyo, pero Daniel no lo haría. No era el momento para eventos así.

El muchacho había podido intercambiar un par de mensajes con Melisa la noche anterior. Ese fin de semana su familia volvería y él esperaba poder ir a verla. Abrazarla; con eso se conformaba. Sería paciente hasta que ella tocara el tema del beso cuando estuviera lista.

«*No, incluir a un tercero en mi dilema no es una opción*».

La puerta del salón se abrió. Todos se acomodaron en sus asientos, creyendo que se trataba de la profesora de Inglés, sin embargo, no era ella. Marta regresó de su ida al baño. Los adolescentes volvieron a relajarse y la chica se acercó a Daniel.

—Ten. Dejaste esto en la cantina. —Puso en el pupitre la carpeta en la que Daniel guardaba sus trabajos—. Por cierto, había una señora diferente atendiendo. No estaba Gladys.

Daniel ni siquiera se había dado cuenta de que no tenía la carpeta en su bolso. Marta acababa de salvarlo, porque justo cuando llegara la profesora tendrían que entregar una tarea que había guardado allí.

—Gracias —dijo, colocándola debajo de su cuaderno—. Sí, noté lo de la nueva señora. También me pareció raro, sobre todo porque el director no avisó nada.

—¿Será que está enferma? —se preguntó Marta.

Desde que inició en ese colegio en primaria, la señora Gladys era la encargada de la cantina. Sus comidas eran exquisitas, y era común caminar por las mañanas para ahorrarse el pasaje del transporte y así poder pecar con alguno de sus dulces. O muchos de ellos. Era una integrante muy querida de la institución.

—Oigan —habló Miguel lo suficientemente alto como para captar la atención de la mayoría de sus compañeros—. Me acaba de salir un vídeo de alguien de otra sección denunciando que despidieron a la señora Gladys.

—¿Un vídeo? Pasa el *link* por el grupo —pidió un chico que también era parte del periódico, refiriéndose al grupo de mensajes donde estaban todos los del salón.

Miguel hizo lo pedido y en seguida Marta sacó su celular para verlo. También le mostró la pantalla a Daniel.

—Aquí hay otro vídeo —indicó Antonieta, poniéndose de pie—. Es de una cuenta recién creada y es solo texto, pero dice: «Se habla de sentido de pertenencia y no les tiembla el pulso a la hora de despedir a un miembro tan querido por todos: la señora Gladys Mendoza. Les aseguro que muchos de los graduandos recuerdan con cariño sus ricas empanadas y helados. Es incoherente quitar lo que funciona. ¿Y por qué? Por pedir permiso para llegar un poco más tarde porque su auto se dañó y ahora tiene que usar el transporte público. Esperen, también puede ser porque le sirvió un café con azúcar a la novia del director».

—Ay, no puede ser. Si la señora Gladys comenzó a hacer pastelitos de berenjena por mí cuando me volví vegetariana —expresó la chica sentada junto a Daniel.

—¿Cómo van a despedirla por eso? —se quejó el alumno con el segundo mejor promedio de la clase.

—Si es por llegar tarde y tener el recreo un poco más tarde, yo no tendría problema —agregó Andrea—. Si es por lo de la novia del director, qué estupidez.

Más comentarios de ese estilo se esparcieron por el aula y el malestar se multiplicó en redes sociales. El grafiti, el artículo no publicado, el correo electrónico a los representantes; el exponer iba cobrando fuerza.

—Hacer eco en internet no es suficiente —dijo Miguel, cuando se detuvo la conversación grupal para que cada uno compartiera reacciones y reposteara las de otros.

—¿Qué sugieres? —preguntó la muchacha que mencionó los pastelitos de berenjena.

—Salir al patio a protestar —intervino Andrea alzando la mano—. Es nuestro derecho y merecemos ser escuchados. El director Alberto no le hará caso a las redes sociales. Ni siquiera debe tener una.

Los padres de Andrea eran abogados que coqueteaban con la política y ella poseía un sentido de justicia y de hacer oír su voz bien marcado. Sin embargo, a Daniel le pareció exagerado sugerir una protesta. Para él, lo mejor era dirigirse al director después de clases, expresar su malestar e incluso agendar otra asamblea para tratar el tema.

Estuvo por contradecir a Andrea y dar su punto de vista, pero la aprobación de sus compañeros retumbó en el salón.

—Bien, hagamos eso —alentó Miguel—. Podemos sentarnos en el medio del patio y no movernos hasta que el director nos escuche y traiga de vuelta a la señora Gladys.

Los *sí* se propagaron. Los adolescentes se levantaron, olvidando por completo que la profesora no debía tardar en llegar y que debían entregar una tarea. Los primeros estudiantes de la sección A de último año abandonaron el salón, con Miguel liderándolos.

Daniel permaneció en su asiento, con Marta frente a él, sin decidir qué hacer. No quería meterse en problemas, ser suspendido y no poder asistir a clases con Melisa la próxima semana; no obstante, la presión social comenzaba a notarse. Creyó que uno que otro estudiante pensaría en un proceder menos hostil, como él, mas el aula estaba cada vez más vacía.

—¿Y tú qué? ¿No irás? —cuestionó Antonieta, terminando de recoger sus cosas.

La mirada expectante de Marta también se posó sobre Daniel. Era evidente que ella pensaba unirse a la protesta, pero lo demoraba esperando ver qué haría el muchacho.

—No creo que…

—Vamos —lo interrumpió Antonieta—, piensa en lo orgullosa que estará Melisa de ti si lo haces. Ella estaría de acuerdo, ¿no? Es una lástima que no pueda estar, pero le gustará que salgas de tu caparazón por una lucha justa.

El argumento tuvo peso en el adolescente, aunque fue bajo que Antonieta implicara a Melisa sabiendo lo que Daniel sentía por ella.

Antonieta se acercó y tomó a Marta del brazo. Ya solo quedaban ellos tres.

—No esperes por él —se dirigió a su amiga—. Si lo que le dije de Melisa no hace que se una, nada lo hará.

Las palabras de Antonieta hicieron que Marta cediera a irse sin Daniel y hallarse solo lo empujó a levantarse de golpe.

«*No, no puedo mantenerme al margen*».

El muchacho se imaginó la cara que pondría la chica de sus sueños cuando le contara sobre esa protesta. La sorpresa que le generaría si él se hacía parte de la acción fue lo que le dio el empujón final. No podía seguir comportándose igual si deseaba resultados distintos. Necesitaba ser realmente visto por Melisa.

Daniel lanzó sus cosas en el bolso y se apresuró para unirse a sus compañeros de clases. Para su mala suerte, se encontró con la profesora en la puerta.

—¿A dónde vas, Romero? —preguntó, cruzando los brazos—. Creí que por lo menos tú serías sensato. Qué vergüenza para Silvia.

Daniel se quedó paralizado por unos segundos. Ese encuentro podía ser el universo insistiendo en que no era correcto hacer un escándalo del asunto. No obstante, lo dicho por Antonieta y su imaginación seguían fluyendo con fuerza por su mente. Además, le molestó que la profesora mencionara a su madre.

—Lo siento —murmuró, y huyó de su mirada de reproche.

En el patio, ya estaban sus compañeros sentados en el suelo, y a lo lejos vio al director acercándose a ellos. En vez de retractarse, Daniel ubicó a Marta y ocupó el espacio que ella le guardó. Se sonrieron cuando estuvo cerca, pero el gesto se borró de la chica cuando Antonieta recalcó que todo había sido por Melisa.

—Aquí viene, muchachos —dijo Miguel—. Ya saben, fuertes y unidos. No pueden suspendernos a todos.

—¿Qué pasa con ustedes y por qué no están en clase? —interrogó el director, deteniéndose frente a ellos—. ¿Ahora se harán los rebeldes por ser su último año?

—No somos ningunos rebeldes, papá —contestó Antonieta—. Estamos aquí porque despediste a la señora Gladys.

—¿Qué haces ahí, hija? Vamos, párate.

—No —replicó ella con firmeza.

—Rebeldes no somos, director Alberto —aclaró Andrea, poniéndose de pie—. Estamos ejerciendo nuestro derecho a la protesta pacífica, avalado por las leyes. Es injusto que la hayan despedido así y sin avisarnos.

—No estamos en la calle, señorita Blanco, sino en una institución privada, y están todavía en horario de clases. Yo soy el director. No tengo por qué consultarles las decisiones que tomo. —Estuvo por agregar algo más, pero su mirada se desvió hacia lo que había detrás de los estudiantes de esa sección. Al voltear, Daniel vio a los alumnos de la otra sección uniéndose a ellos, incluyendo a Justin—. ¿Ustedes también?

—Sí —respondieron algunos.

El director masajeó sus sienes por unos momentos.

—Bien, ya que obviamente no obedecerán, tendré que tomar medidas. Los que sean parte de esto no representarán a la institución en los juegos interescolares del fin de semana.

Daniel se enfocó en Andrea, consciente de lo importante que era para ella. Su postura flaqueó un poco, pero de todas formas se volvió a sentar. Miró a Justin y él también permaneció inmutable.

—A ver, Daniel, tú nunca te metes en problemas. Si recapacitas, representarás a la institución en ajedrez en este y en los próximos eventos del año escolar.

Que empleara esa carta fue ir más allá de lo que había hecho su hija. Era otro nivel de chantaje, y que lo pusiera en práctica un adulto —quien además era la autoridad de la escuela— fue aún peor. La tentación invitaba a Daniel a olvidarse de sus compañeros y de Melisa, y a concentrarse en sus ansías de suficiencia. Pero, ¿a qué precio? No valía la pena decepcionar a los que lo rodeaban solo por unas horas de atención. El estar apoyando a la señora Gladys también lo animó a decidir.

—No, gracias. Aquí estoy bien —contestó.

El director asintió repetidas veces, digiriendo la respuesta.

—Bien —suspiró—. Iré llenando cartas de suspensión y llamando a sus padres.

Aguardó unos segundos, esperando que alguien se retractara. No fue así.

Daniel exhaló ruidosamente mientras veía al director alejarse. Su interior era un torbellino, sobre todo por la culpa que estaba sintiendo. Como había dicho el director, él siempre se comportaba y pasaba desapercibido. Así debía ser, pues su mamá tenía suficientes problemas como para que él también se convirtiera en uno más. Trabajar y llevar las riendas del hogar, dado el exigente horario de su esposo, no era sencillo. Ahora iba a tener que ir al colegio después de enterarse de su suspensión.

Antonieta le tocó el hombro, sacándolo de su crisis mental.

—No estuvo bien que te abordara así —dijo—. No es el mismo desde que comenzó a salir con esa mujer. Ella es tan…

—Cuidado, recuerda que estás hablando de mi madre —intervino Justin, quien se había sentado diagonal a ellos y estuvo atento a la conversación de los amigos de Melisa.

—No te metas —respondió Antonieta, poniendo los ojos en blanco—. En fin, nada es igual. Mi padre está perdiendo la cabeza.

Antonieta y Justin estaban en camino a ser hermanastros. En otras palabras, Antonieta no podía estar enamorada de él, y lo que le contó a Daniel sobre el interés de Justin por Melisa tenía una alta probabilidad de ser cierto.

—Habrá más torneos, albahaca —le dijo Andrea a Daniel sin mirarlo—. Gracias por no ceder.

Daniel se limitó a asentir. Ella tenía razón. Además, se sintió bien estar integrado al grupo sin depender de Melisa y apoyar a alguien apreciado por todos. A él le encantaban las tortas de la señora Gladys.

Luego de unos minutos, el director regresó acompañado de su secretaria. Él tenía un puñado de hojas, y ella, una carpeta y bolígrafo.

—Ya notifiqué por el grupo de representantes lo que ocurre y hablé con algunos de ellos. Nadie se va de aquí sin su carta y sin un adulto. Comencemos.

El director fue llamando uno por uno, guiándose por las listas de asistencia. En medio de ese proceso, las puertas de un par de aulas adicionales se abrieron y otras secciones se unieron a la protesta, motivados por los vídeos compartidos. El director los miró con claro disgusto, pero continuó con la entrega de suspensiones. Solo así evitaría que más años imitaran ese mal ejemplo y que en el futuro su autoridad volviera a ser cuestionada.

Los primeros padres comenzaron a llegar. Entre ellos, destacó una señora de cabello castaño y traje blanco ceñido. Llevaba unas extravagantes gafas de sol, y Daniel no recordaba haberla visto antes.

—¿Qué es esto, Alberto? —fue lo primero que dijo, dirigiéndose al director e ignorando a la pareja con la que él estaba conversando. Miró hacia los estudiantes—. Justin. Arriba. No dejes que esto ensucie tus buenas referencias.

De esa forma, Daniel entendió que era la madre de Justin y la novia del padre de Antonieta.

El nadador obedeció, soltando un suspiro. Se despidió de sus amistades y caminó al frente. El director le tendió la carta de suspensión a la representante, pero ella hizo mala cara y eso fue suficiente para que él se retractara. No obstante, Justin le quitó la notificación de las manos al director, pese a las protestas de su madre.

—Sin dramas, mamá. Firma y ya.

Dicho eso, Justin se marchó. La señora quedó perpleja por unos segundos, pero accedió a firmar.

—También hay vídeos en las redes sociales, Alberto. Tienes que hacer que los borren —dijo antes de ir tras su hijo.

Daniel no pudo creer que Justin se dirigiera así a su madre. «*No, no puedo aceptar que alguien así sea novio de Melisa*».

Los pensamientos relacionados con Justin o Melisa pasaron a segundo plano cuando vio a su propia madre caminar hacia ellos con determinación. Llevaba un vestido rojo bastante conservador, pero combinado con unos tacones que hacían dudar a Daniel sobre si era la misma Silvia que limpiaba con camisetas agujereadas su hogar. Seguro había interrumpido una clase para ir por él.

—Buenas tardes, Alberto —saludó Silvia al director cuando fue su turno. Todavía no posaba su atención en Daniel—. El consejo de padres quiere una reunión de emergencia para tratar el tema y plantear nuestra solución. —Se enfocó en los jóvenes—. Párense de ahí, niños, que la mayoría no lava su uniforme y tampoco resuelven algo saltándose las clases.

Silvia, con su voz de docente, fue quien dio por concluido el asunto. Con la promesa de que se solucionaría y por el respeto que le tenían a la madre de Daniel —por llevar años conociéndola—, los bachilleres volvieron a sus salones. No obstante, como la mitad de los estudiantes de último año ya se habían retirado, el director suspendió las clases para ellos y convocó la reunión de padres para la mañana de ese sábado.

Camino a casa, Silvia le habló a Daniel sobre cómo debió llamarla antes de hacer algo así. Recalcó que se suponía que tenían esa confianza y que ella no le había inculcado comportarse de esa forma; que antes de la acción, era mejor intentar con el diálogo. Daniel fue sincero respecto al hecho de haberse dejado llevar y de que creyó que a Melisa le hubiera gustado participar también.

—Tú no eres como Melisa —fue la respuesta de Silvia—. Eres Daniel Romero, y ella tiene que aceptarte tal como eres. Como todos. No traiciones tu forma de ser por otros.

El adolescente lo recibió con desagrado, pues su forma de ser era el motivo por el cual, después de tantos años, solo era el mejor amigo de Melisa y nada más.

Ya encerrado en su habitación, Daniel sacó la carpeta de sus tareas del bolso. La profesora de Inglés, debido a las circunstancias, les pidió que tomaran una foto a la actividad mandada y se la enviaran por correo.

Daniel fue revisando las asignaciones de cada materia para dar con la indicada, pero se detuvo al encontrar un sobre con su nombre. Él no lo había puesto allí, y le llamó la atención el corazón que tenía dibujado.

Era una carta de amor.

Querido tú,

A veces me asomo en nuestro chat,
para releer nuestros mensajes de amistad,
para recordar que existimos en la misma
realidad.
Y me pregunto, ¿existirá la posibilidad de
algo más?

Espero que no sea muy atrevido de mi parte,
solo que estas líneas son el único instante
en el que puedo lo que siento contarte,
aunque no hacerlo de frente sea cobarde.

Si supieras quien soy,
¿una oportunidad me darás?

PARTE II

Quiebre

Miguel no fue a casa cuando terminó la clase de Biología, sino que se dirigió al laboratorio de Química, donde la otra mitad de la sección tenía práctica. Esperó junto a la entrada por Marta. Fingir que nada había pasado en la fiesta estaba siendo demasiado pesado. El beso no había sido un error para él, y necesitaba decírselo.

Se enderezó al ver salir al primer estudiante. Luego, al segundo. De tercero, apareció ella.

—Marta —la llamó.

La chica giró y la sorpresa en su expresión fue remarcable. Se acomodó mejor el bolso sobre sus hombros y se acercó a Miguel.

—¿Podemos hablar? —cuestionó él—. ¿En otro lado, quizás?

—Si es algo sobre el periódico, puede ser mañana. Tengo que ir a cuidar a mi hermanita —replicó. Luego se balanceó sobre sus pies y echó un vistazo a sus espaldas, asegurándose de que nadie los observaba—. Si es sobre otro tema, es mejor no hablarlo. Ya me disculpé, y es mejor dejarlo hasta ahí.

Ella no sentía lo mismo. Miguel lo tenía claro. El beso no había cambiado nada, así como presionarla tampoco lo haría. Los últimos días sin Melisa, viéndola tan atenta a Daniel, eran una confirmación constante. Por eso, forzó una sonrisa y se limitó a asentir.

—Tienes razón. Entonces, mejor mañana —dijo. Disimuló un poco su decepción revisando la hora en su reloj—. También debería irme. Una nueva vecina me invitó al restaurante de su familia.

Prefirió ser el primero en marcharse, para dejar atrás lo antes posible esa mala decisión. No iba a mendigar atención. Tampoco dejaría que ella supiera cuánto le afectaba. Lo bueno era que, dentro de unos meses, al graduarse, ya no tendría que verla suspirar por otro.

—Miguel, espera.

El corazón le dio un brinco inicialmente al oír la voz femenina, sin embargo, al instante siguiente la reconoció: Antonieta. Al voltear, la encontró observándolo desde la cima de la escalera. Marta pasó apresurada junto a ella —y luego junto a él— hasta terminar de bajar y alejarse.

Como Miguel no se movió, Antonieta descendió los peldaños restantes.

—Quiero pedirte un favor —explicó.

—Dime.

—Quiero que publiques unas fotos en el periódico escolar, y que también escribas que despidieron a la señora Gladys porque le ofreció agua a la novia del director cuando le preguntó por algo que no engordara.

—Por supuesto que no haré eso. ¿Por qué no dejas el tema? Entiendo que te moleste que tu papá tenga novia, pero te estás comportando demasiado infantil.

Antonieta entrecerró los ojos, irritada.

—¿Tú hablándome de infantil? El que inventa historias, se la pasa en fiestas y se toma todo a broma para llamar la atención.

—Sí, yo —replicó—. Fue suficiente con que suspendieran a Melisa. No metas al periódico en esto. ¿Acaso no quieres que tu papá sea feliz? Seguro fuiste tú quien creó esa cuenta falsa y escribió lo de la señora Gladys ayer.

El señalamiento en lugar de apaciguarla, la enfureció aún más.

—Olvídalo. Y para tu información, claro que quiero que sea feliz, pero no con esa mujer.

Antonieta se fue chocando el hombro con brusquedad contra el del él. Miguel respiró hondo y se aferró al barandal.

—Yo también soy serio —murmuró.

Ser sociable no era antónimo de sensatez, así como ser el hijo menor y desordenado no era una regla. Sin embargo, nunca se había esforzado por demostrar lo contrario. Ni siquiera ante su padre, que casi nunca estaba en casa y asumía que cada desastre era su culpa, y no la de su hermano, ya universitario. Había aprendido que era más fácil mantenerse dentro del personaje que los demás proyectaban sobre él.

«*Incluso Marta*».

Pasado ese episodio, Miguel terminó de bajar las escaleras y se dirigió al aula en desuso detrás de los baños. Tenía otro asunto que atender antes de ir a casa.

—Te tardaste. Creí que ya no vendrías —dijo Justin guardando el celular. Ya estaba instalado en la mesa que había limpiado para poder usarla.

—Te recuerdo que estoy haciendo un favor. ¿Aprovechaste el tiempo intentando resolver un ejercicio por tu cuenta?

El director Alberto le había pedido personalmente a Miguel que ayudara a Justin a estudiar, para que sus notas mejoraran. Había estado atento al desempeño de su casi hijastro, y concluyó que recibir tutorías de Miguel disminuiría la preocupación de su futura esposa. Él sí sabía de su promedio destacado.

—¿En serio eres tan inteligente? Nunca veo a nadie preguntándote cosas —indicó Justin, eludiendo la pregunta.

Miguel se sentó a su lado y empezó a sacar sus cuadernos y lápices. Refugiarse en la lógica de los números siempre era una buena forma de silenciar pensamientos más subjetivos.

—Todos asumen que tengo un mal promedio, así que nadie me hace consultas. Mejor así. —Entre las páginas encontró el último examen de matemáticas que presentó y se lo dio a Justin—. Podemos empezar resolviendo estos. Saca tu calculadora.

—¿Qué ganas tú con este favor? —cuestionó Justin, torciendo el gesto al ver que la respuesta del primer ejercicio ocupaba más de media hoja.

—Un voluntariado que se verá bien en mi currículum.

El anhelo de Daniel para ese fin de semana se cumplió. El sábado, Melisa le escribió para citarlo al día siguiente en su heladería favorita. El chico preparó una lista de todo lo que quería contarle y practicó la conversación frente al espejo, incluyendo sus palabras de pésame.

Decidió no mencionar la carta de amor que recibió. Podía ser una broma de mal gusto. Entre los sospechosos estaban Miguel, o incluso Antonieta, quienes sabían de sus sentimientos por Melisa y quizá buscaban molestarlo.

«*Porque, ¿quién va a fijarse en mí?*».

Esa noche casi no durmió y el domingo estuvo toda la mañana pendiente del reloj. Estuvo listo antes de tiempo, evaluó su aspecto repetidas veces y hasta le pidió a su madre su opinión femenina.

Sin ganas de quedarse en casa dando vueltas, decidió caminar hasta la heladería. Calculó que, si lo hacía de esa manera, llegaría puntual y, como beneficio adicional, esperaba que el trayecto le ayudara a calmar sus nervios. No había visto a Melisa desde el beso. Desde que sacó a la luz sus verdaderas intenciones con ella. Desde la muerte de su abuela.

La heladería, que solían frecuentar por lo menos cuatro veces al mes, estaba ubicada en la esquina de una plaza cerca del colegio. No era un establecimiento tan grande, por lo que a veces había que esperar afuera un poco para obtener una mesa. Por suerte, ese día no había tantos clientes a la hora que Daniel llegó. Saludó al que atendía y tomó asiento en una mesa con dos taburetes para esperar a Melisa. Todavía tenía diez minutos de sobra.

Chequeó la hora un par de veces; al igual que su reflejo en la ventana con calcomanías de barquillas. Buscó distraerse deslizando el portaservilletas entre sus manos y, cuando le preguntaron si ya estaba listo para ordenar, se dedicó a leer por encima el menú.

Sonrió para sí al ser consciente de que no era necesario pensar qué pedir, pues Melisa y él disfrutaban siempre de lo mismo.

Cuando estuvo a punto de escribirle que ya estaba en la heladería, Melisa entró al local. Vestía un pantalón gris de mezclilla y una blusa manga larga negra. Su cabello estaba suelto y un poco alborotado. Apenas se había maquillado, dejando a la vista sus ojeras.

Daniel quiso desaparecer por haber ido con ropa de color. Su camisa roja había sido una muy mala elección. Se había enfocado demasiado en verse atractivo. Y debido a su conflicto mental, demoró en ponerse de pie. Lo hizo cuando ella ya se había sentado, lo que significó descartar su plan de recibirla con un abrazo.

Melisa le regaló una pequeña sonrisa.

—Hola, D. Luces bien. Disculpa por desentonar contigo —dijo ella.

Sus palabras incrementaron la molestia de Daniel consigo mismo.

—No, discúlpame tú por ser tan insensible —contestó.

Melisa volvió a sonreírle, aunque el gesto no alcanzó su mirada. Se inclinó hacia adelante y puso la mano sobre la de Daniel.

—Que estés aquí conmigo es más que suficiente, D. Gracias. —Retiró su toque—. Sabes que te quiero mucho. Disculpa por casi no haberte escrito.

—Tranquila, yo entiendo. —Le hizo señas al encargado para ordenar—. ¿Helado de fresa y de café?

Ella asintió.

Al pedido, Daniel añadió su helado de caramelo. Solía acompañarlo con otro sabor —normalmente chocolate—, pero no tenía estómago para tanto helado.

—Cuéntame, ¿de qué me perdí? —preguntó ella, apoyándose con los codos de la mesa y lista para oír los chismes de esos días.

Daniel le contó sobre los últimos acontecimientos, especialmente acerca de la asamblea en la cancha y la protesta del viernes. Lo alentó notar cómo ella se esforzaba por estar atenta a lo que decía —con esos ojos marrones que le aceleraban el corazón— y por las expresiones que ponía al reaccionar. Intervino poco, inusual en ella, pero consecuente con su reciente pérdida.

—Creo que voy a tener que faltar más seguido —comentó luego de casi haber comido todo su helado.

—No digas eso. Si termino incendiando la institución, tú serás la responsable.

Melisa soltó una carcajada. Daniel también se imaginó la escena y fue contagiado por su risa.

—Ahora —continuó él—, ¿cómo vas sobrellevando todo?

—Bueno, el dolor sigue, pero se va como... ¿entumeciendo? No sé si tiene sentido. Está ahí. De repente siento que estoy bien, pero después pasa algo y vuelvo a llorar. Creo que no será divertido estar a mi alrededor por un largo tiempo.

En esa ocasión, fue Daniel quien extendió el brazo para juntar su mano con la de ella. Se la apretó, buscando transmitirle fortaleza. Tenía que hacer hincapié en que seguía allí para ella. Ya dudaba que el tema del beso se convirtiera en parte de la conversación ese día, así que Daniel se fue sintiendo relativamente más tranquilo. No era el momento. No con ella así de decaída. Ya había sido demasiado egoísta.

—Claro que lo tiene. Es normal. Parte del proceso —murmuró Daniel.

—Justin dice que nunca se va del todo, sino que simplemente uno comienza a coexistir con la tristeza. Se llega a la etapa de aceptación, la vida continúa, y la tristeza se va cubriendo de capas hasta que vuelve a encontrar un espacio para salir.

La mención de Justin fue como un corrientazo para Daniel. Retiró la mano y se acomodó en su asiento.

—¿Ah, sí? ¿Has hablado con él? —cuestionó, esforzándose por sonar neutral.

Melisa desvió la mirada a su helado y meditó unos segundos antes de responder.

—Sí, D. Ha sido de gran ayuda. No recuerdo si te lo mencioné, pero, cuando lo entrevisté, me contó sobre la muerte de su abuelo. No pude evitar sentirme identificada y le hablé sobre la enfermedad de mi abuela. Se ofreció a estar pendiente por si alguna vez necesitaba conversar con alguien, así que intercambiamos números. Ya antes también habíamos coincidido un par de veces en la biblioteca.

—Entiendo. Qué considerado.

—Sí, ¿verdad? —Melisa sonrió, mas no directamente a él, sino viendo hacia otro lado, como sonriendo por un recuerdo—. Cuando supo lo de la... muerte de mi abuela, me llamó y ha estado pendiente desde entonces.

Daniel asintió. Ya no sentía la boca dulce por el helado, sino amarga. Lo dicho por Antonieta hizo eco en su cabeza. Le pareció vil que Justin se aprovechara de la muerte de la abuela de Melisa —de que ella estuviera vulnerable— para acercarse más.

—La cosa es que... El viernes, cuando llegué, fue a mi casa. Estuvimos un par de horas conversando y me hizo mucho bien. Pude de verdad distraerme y sonreír luego de tantos días mal.

Daniel continuó asintiendo con la cabeza. Ya se había olvidado del helado y solo podía tener los ojos fijos en Melisa y en cómo su rostro había adquirido cierto brillo.

Definitivamente, ese encuentro no era para hablar sobre su beso, pero sí de Justin. Daniel quiso ponerse de pie e irse, porque temía qué más podía contarle. No obstante, no podía ejecutar una escena de celos porque *solo era su mejor amigo*; etiqueta que tenía bien grabada en su mente. Así que permaneció allí, con el corazón agrietándose cada vez más.

—Cuando estaba por despedirse, me tomó de las manos y me confesó que le gustaba desde el año pasado, pero que tenía miedo de que lo rechazara. Luego, se retractó y se disculpó por no haber podido esperar más, por lo menos un mes después de la muerte de mi abuela; que había sido un impulso y que era un idiota. Yo lo... besé y ahora somos novios.

Daniel se echó por completo hacia atrás, siendo esa última palabra el golpe final. Escondió las manos bajo la mesa y hundió los dedos en sus muslos, buscando evitar el desborde de sus emociones. Incluso respirar le dolía. Su otro mayor miedo se había materializado. A pesar del beso, ella había escogido a Justin y no a él.

—Pero, Melisa… —Hizo una pausa para estabilizar su voz. No podía terminar de quebrarse todavía—. ¿No es algo apresurado? Sería tu primer novio, así que no es cualquier cosa.

—Lo sé, D. Tranquilo, todo será con calma. Es bueno y admito que siempre me ha parecido lindo… solo que no quise hacerlo tan obvio frente a los demás.

Daniel quiso enumerar los defectos que aparecían en su mente sobre Justin, empezando por el trato hacia su madre y malas calificaciones. Sin embargo, el entusiasmo en el rostro de su amiga no le permitió decirlo en voz alta. Pese a su desagrado, Justin era algo bueno entre lo pésimo que habían sido los últimos días para Melisa. Aunque lo estuviera quebrando por dentro, no fue capaz de perturbar su primera ilusión romántica.

El chico tragó para espantar el nudo en su garganta por unos segundos.

—¿Por qué nunca me dijiste nada? —susurró.

—No sé, quizá porque eres mi amigo hombre y podía parecerte raro.

—Entiendo.

Con eso fue suficiente para Daniel. Seguramente Andrea sabía; tal vez todos lo sabían, excepto él. Ya no podía quedarse sentado frente a ella y pretender que todo estaba bien. No esa tarde.

Daniel miró la hora en su celular para disimular y se puso de pie. Sacó de su billetera el pago de los helados y lo dejó sobre la mesa.

—Ya casi tengo que estar en casa para ayudar a mi mamá con algo. Disculpa que me vaya así, pero se lo prometí —mintió.

Él notó que a Melisa le extrañó su partida repentina, pues lo normal siempre era que él pospusiera sus planes con tal de estar con ella.

—No te preocupes. Salúdamela de mi parte —se despidió ella, de todas formas, sin detenerlo.

Ella también se levantó, sin ganas de quedarse ahí sola. Antes de que pudiera agregar algo más, Daniel aprovechó el momento para darle el abrazo que pretendió al principio. La rodeó con sus brazos y la apretó contra sí, permitiéndose sentirla y olerla como sabía no podría hacerlo de nuevo.

—Me alegra mucho por ti. Espero que te haga feliz.

—Gracias, D.

Cuando la sintió reaccionar y regresarle el abrazo. Esperó unos instantes antes de apartarse.

El muchacho no volvió a posar los ojos en ella, ni agregó una despedida, sino que se marchó de inmediato. Ya no podía más con el ardor en su nariz, ojos y garganta. Y, apenas cruzó la puerta hacia el exterior, tuvo que deshacerse con disimulo de las primeras lágrimas escurridizas.

Daniel aguantó todo lo que pudo. Tuvo que pedir un taxi porque necesitaba llegar a casa lo antes posible. Quería romper algo, gritar, tirarse en el suelo y lamentarse por días. Todo al mismo tiempo.

«*¿De qué sirvieron tantos años de espera y de tortura si ni siquiera fue capaz de insinuar que le gustaba alguien más?*».

«*¿Por qué todas esas señales distorsionadas?*».

«*¿Por qué corresponder el beso?*»

Ya en casa, Daniel corrió hacia el interior y se encerró en su habitación, sin detenerse a saludar a su madre. Incluso azotó la puerta. Sintió el celular vibrar en su bolsillo, pero lo ignoró. En medio de su desenfreno, tumbó la silla de su escritorio y algunos de sus cuadernos y libros también acabaron en el suelo. Sin embargo, en lugar de seguir con su episodio de furia, sus piernas se debilitaron y terminó sobre su trasero. Sus energías fueron drenadas y quedó tendido viendo el techo.

—Claro que no me quiere de esa forma —murmuró para sí—. Nunca lo hizo.

Lágrimas silenciosas descendieron por sus sienes. Ya no quería destruir cosas, porque sabía lo tonto que había sido. Solo quería quedarse allí y odiarse por no haber comprendido antes que Melisa jamás hablaría de él como lo hacía de Justin.

Daniel se sintió ahogado, a pesar de estar respirando correctamente. Su interior dolía por haber estado tanto tiempo ciego. No importaba lo que le había dicho Natalia en el entierro del pez, ni que *siempre* hubiera estado ahí para ella. Al parecer, solo él creyó sentir esa conexión.

El tiempo transcurrió y el chico no se movió. Su mamá le tocó la puerta, pero él le respondió que necesitaba estar solo. No la acompañó a cenar, ni se asomó cuando oyó el sonido del auto de su padre. Ya la luz del atardecer no entraba por la ventana, así que se mantenía sobre el suelo entre las tinieblas.

Fue rebobinando, poco a poco, cada interacción con Melisa a lo largo de los años, y se preguntó en qué momento falló.

«¿Qué hice para que no pueda amarme como yo la amo?».

«¿Cuándo me tatué para siempre la etiqueta de mejor amigo?».

«¿Hay algo mal conmigo y por eso jamás desperté su interés romántico?».

—¿Hijo?

La voz de su padre en el pasillo interrumpió el autocastigo mental. En el fondo, Daniel sabía que no servía de nada continuar hurgando en el interior de su herida, porque no cambiaría su situación. No obstante, creyó merecerselo.

Acababa de perder a la chica de sus sueños por no haber sabido mover bien sus piezas y atreverse antes.

—Ya le dije a mamá que no tengo hambre —contestó Daniel.

—Quiero hablar contigo —insistió.

—Yo no.

En lugar de cumplir con sus deseos y marcharse, el ruido de la cerradura cediendo hizo que Daniel se sentara. Su padre abrió la puerta con la llave.

—¿Qué haces? —gruñó el adolescente—. Invades mi privacidad.

—Que lleves horas encerrado y no hayas cenado me da derecho a hacerlo como tu padre —replicó Juan encogiéndose de hombros. Guardó la llave en el bolsillo de su pantalón de pijama y encendió la luz—. Tremendo desastre, Daniel Alejandro.

Daniel no se puso de pie ni con la llegada de su padre. Quería que se fuera para poder continuar hundiéndose en su esperanza destrozada. No tenía ganas de conversar.

Juan, ante la actitud de su hijo, decidió sentarse en el suelo frente a él.

Daniel no entendía qué pretendía. Rara vez entraba en su cuarto, o se inmiscuía en sus asuntos. Juan llegaba demasiado cansado para hacerlo y los breves momentos juntos se aprovechaban con charlas agradables y superficiales.

—Si no me quieres decir qué te pasa, está bien —le dijo su padre luego de esperar un poco, a ver si Daniel tomaba la iniciativa—. Solo quiero recordarte que no es el fin del mundo.

Eres joven, y entiendo que ahora lo veas así, pero el tiempo pasa, y las cosas y situaciones también. Eres un chico inteligente y sé que lo sabes. No tienes por qué tener todo definido ahora. Nadie jamás lo tiene.

Su padre estaba más cerca de los treinta que de los cuarenta, pero el cansancio acumulado y su barba lo hacían ver mayor. De no ser así, podrían hacerse pasar por hermanos. La pareja Romero había tenido a Daniel apenas rozando los veinte.

Daniel asintió. No lo alentaría a alargar la charla, pese a que una parte de él valoraba que estuviera demostrando interés.

—Entiendo. —Juan suspiró—. Tu madre está preocupada, así que dime que estás bien, acepta comer y le diré que mejor te dejemos tranquilo hasta mañana. Y ni se te ocurra...

—¿Por qué mamá y tú siguen juntos si casi no se ven? —soltó Daniel de repente.

Juan, quien había estado levantándose, volvió a sentarse ante la pregunta de su hijo. Incluso al mismo Daniel le había sorprendido. La interrogante, guardada demasiado tiempo por su subconsciente, había sido por fin liberada. Tal vez su concepto de amor estaba equivocado y por eso lo suyo con Melisa no floreció. Quizá su error había sido estar demasiado presente.

—Porque nos amamos, respetamos, entendemos y tenemos un plan de vida y acuerdos juntos. Y, a pesar de todo, nos seguimos eligiendo cada día. De eso se trata. Un compromiso mutuo. Solo el amor no es suficiente.

—No me parece justo para mamá. Tiene que estar pendiente de muchas cosas. De la casa, del trabajo, de mí, de…

—Y cada noche cuando vuelvo del trabajo, le pregunto si es hora de que cambiemos los papeles de nuevo y que se enfoque en su carrera. Eras pequeño y probablemente no te acuerdes, pero, cuando supimos que venías al mundo, a ella le faltaba menos para graduarse, así que yo congelé mi carrera y me puse a trabajar para que ella terminara la suya —contó Juan—. Después, ejerció por unos años y yo me dediqué a cuidarte y a ver un par de materias mientras crecías, para ir aprobando poco a poco los semestres que me faltaban.

»Cuando por fin terminé la carrera, tú ya estabas más grande y ella me animó a continuar formándome y a ejercer, decidiendo aceptar un cargo como profesora para tener un horario más flexible. De nuevo: amor, plan de vida, acuerdos y compromiso mutuo.

Daniel no supo qué decir. No había escuchado la historia completa, sino cargado con esa espina clavada sobre su padre. Le hubiera gustado preguntarlo antes.

Ante la expresión de Daniel, Juan extendió el brazo, le alborotó el cabello y le sonrió.

—No haríamos nada diferente, hijo. Eres nuestro orgullo. —Se puso de pie y le ofreció la mano para ayudar a que se reincorporara—. El amor es entrega, pero debe ser siempre recíproco. Tal vez haya días en los que uno dé más que el otro, pero, en un panorama general, nada puede ser de un solo lado.

La tortura real se materializó al día siguiente, cuando Melisa volvió a clases y Justin anduvo con su grupo de amigos la mayor parte del tiempo fuera del aula. Daniel tuvo que tragarse su incomodidad y fingir una sonrisa, jugando su papel del mejor amigo que apoyaba a Melisa debido a su reciente pérdida. No fue capaz de apartarse y ser egoísta, porque su amiga lo llamaba con la mirada y lo detenía con cualquier gesto cada vez que pretendió escabullirse.

El odio hacia Justin fue concebido. Daniel no soportaba su sonrisa, el sonido de su voz ni cómo le agarraba la mano a la chica que le gustaba. Se suponía que *debía* ser Daniel quien lo hiciera, no él.

—Oye, niño. —El sujeto del otro lado del mostrador llamó su atención—. Dije café con un poco de azúcar, no azúcar remojada en café.

—Mierda —murmuró él, dándose cuenta de que ya había abierto y vaciado seis sobres de azúcar en el vaso de cartón.

—Sí, mierda —replicó el hombre cruzando los brazos. El enojo era notorio en su rostro—. No voy a pagar por eso.

—Claro que no, señor. No se preocupe —aseguró Daniel. Respiró hondo en un esfuerzo por hacer a un lado sus pensamientos para enfocarse en no perder su empleo—. Ya le hago otro y también me encargo de pagarlo.

El adolescente se apartó para guardar el café arruinado en la nevera de bebidas. Ya se lo tomaría él después, mezclándolo con otro más puro para no desperdiciarlo.

Regresó a la máquina de café y preparó otro. En el proceso, ojeó en dirección a su supervisora, quien estaba de cajera. Leía una revista, pero también le lanzaba miradas furtivas. Sin dudas, había notado su falla.

Daniel le entregó el café al señor junto con el cartón que indicaba lo que debía pagar y la observación de que fuera anexado a su deuda. El cliente se apartó sin darle las gracias y Daniel le dio la bienvenida al próximo.

Luego de ese incidente, pretendió atender a todas las personas que pudiera, bajo la vista extrañada de sus compañeros de trabajo. Le sacó provecho a esa tarde movida en la panadería para distraerse y sentirse menos miserable.

«*¿Es necesario que siga trabajando aquí?*».

En lugar de estar haciendo su tarea, practicando ajedrez o cualquier cosa, se encontraba allí; pese a la insistencia de sus padres de que no era necesario que trabajara. Se ilusionó con ir a la misma universidad que Melisa, y por eso estaba ahí desde el año anterior. No quería depender de sus padres para conseguirlo, pues tal vez no lo apoyarían. Ya tenía un cupo asegurado en la universidad donde daba clases su madre, así que verían ese gasto como innecesario. Pero, él había querido seguir a Melisa a donde fuera.

El problema era que, con Justin en escena, sus planes se desmoronaban. No deseaba ser un mal tercio ni tener que soportar a esos dos modo romántico lo que durara la carrera. Lo más probable era que se mudarían juntos para ahorrar gastos, que quizá Melisa lo invitaría también y, como el tonto y masoquista que era, no se negaría.

—Daniel, mejor tómate un descanso —dijeron a sus espaldas.

Miró sobre su hombro para encontrarse con la señora de la edad de su madre, quien se había encargado de explicarle el funcionamiento de todo cuando empezó a trabajar.

—¿Por qué? Estoy bien.

—Porque esa muchacha pidió un kilo de pan y ya has pesado más de dos —contestó.

Daniel desvió la atención hacia la balanza frente a él, sobre la que sostenía una bolsa que estaba llenando de pan. Revisó el peso indicado y confirmó lo dicho por su compañera. Devolvió el pan que sostenía con su pinza al hondo cajón de vidrio en el que exponían el pan recién hecho.

Aunque se sintió avergonzado por haberse dejado llevar de nuevo por lo que acontecía en su interior, asintió y le entregó la pinza. Era mejor tomar un receso prematuro que continuar disminuyendo la paga que recibiría al final de la semana y la confianza en su estabilidad mental.

Daniel agarró el café que había estropeado y fue hacia el otro lado del mostrador para ocupar una mesa de dos puestos. La mayoría de las mesas estaban vacías, así que podía permitírselo. Se quitó el delantal y también el gorro de tela que tenía estampado el nombre de la panadería. Al darle un sorbo al café, no pudo evitar arrugar el rostro. Se empalagó casi de inmediato con el sabor. No consideró adecuado el plan inicial de hacer un café más puro luego de los errores posteriores.

No podía terminar de sacarse a Melisa de la cabeza, ni lo dicho por su padre la noche anterior. Quizá sí había estado mal haber elaborado sus planes en torno a ella, como si se creyera el protagonista de su propia historia de amor y que, sin dudas, la chica que le gustaba terminaría fijándose en él. La verdad era que eso no solía ocurrir tan seguido y que, por su ingenuidad, su realidad ahora se tambaleaba.

«*¿Quién soy sin Melisa?*».

Observaba la entrada del establecimiento, rogando en silencio que su mejor amiga ingresara y que fuera una señal del universo que le indicara que las cosas no tenían por qué ser diferentes, que las relaciones terminaban y que, aunque fuera novia de Justin, eso podía cambiar en cualquier momento.

Pero los minutos transcurrieron y esa señal del destino nunca llegó. Poco a poco se fue imponiendo una verdad que Daniel no quería admitir: esa relación no iba a terminar así como así. Había sido testigo de su interacción en la fiesta de Miguel, y el miedo que sintió entonces debió haberlo tomado como una premonición. Justin era atractivo, seguro de sí mismo, y Melisa, la chica que todos deseaban tener. Además, Daniel recordaba bien la expresión de ella al hablar del nadador.

Ya cabizbajo, oyó el tintineo de la puerta. Volvía a tener ganas de llorar, mas alzó la mirada con una esperanza absurda de que sus plegarias hubieran sido escuchadas. No obstante, no era Melisa quien entraba, sino Marta.

La también castaña, y un poco más alta que Melisa, se acercó a él con una sonrisa tenue. Llevaba puesto el suéter de su banda favorita y unos shorts oscuros. La curva en sus labios desapareció al notar lo que reflejaba la cara del muchacho.

—¿Estás bien? —preguntó, deteniéndose junto a la mesa.

—¿Yo? —Daniel parpadeó repetidas veces, luego se frotó los ojos—. Sí, sí. Solo se me metió algo en el ojo. Tal vez sudor… o harina.

—Ah, ya —contestó ella, aunque no sonó del todo convencida. Aún así, no insistió—. ¿Estás en tu hora de descanso?

—En realidad, media hora —corrigió—. Pero sí, me quedan como diez minutos.

—Genial, déjame comprarme un dulce y me siento contigo. Quiero contarte algo.

Daniel quiso negarse, porque no estaba de humor para conversar con nadie. Solo deseaba continuar encerrado en sí mismo hasta que todo pasara. Sin embargo, no pudo ser grosero con Marta. No eran tan amigos, pero siempre había sido amable con él.

Se terminó el café, sobresaturado de azúcar, mientras la observaba pedir dos porciones de torta fría. Supuso que una sería para llevar o que Marta comería ambas por no poder decidirse. Para su sorpresa, ella colocó una frente a él.

—No era necesario que hicieras esto —comentó Daniel, desconcertado.

Marta guindó su bolso del respaldo de la silla y se sentó.

—Sí lo era, porque no sabía cuál pedir y tampoco puedo comerme las dos yo sola. —dijo, encogiéndose de hombros para restarle importancia. Tomó la primera cucharada y soltó un gemido de aprobación—. Está divina. Come de la tuya y me dejas la mitad, ¿sí? Yo haré lo mismo.

Daniel, quien se había quedado congelado observándola, no entendía qué hacía ahí, ni por qué tenía ese gesto con él. Seguramente tenía cosas más importantes que hacer que levantarle el ánimo a un chico con el corazón roto.

Con un suspiro, Marta se estiró para colocar en la mano de Daniel la cuchara de plástico que reposó junto a la torta. Eso hizo que reaccionara y aceptara la compañía. Él ya sabía lo delicioso que eran esos postres, pero, sin saber por qué, ese le supo mejor que de costumbre. Su sabor fue realzado por el buen gesto que Marta estaba teniendo.

—¿Qué querías contarme? —cuestionó, intentando colaborar a su esfuerzo por distraerlo, consciente de que casi debía volver a sus labores.

—Cierto, casi se me olvida. —Marta abrió su bolso, y sacó una hoja para deslizarla hacia él. Era un anuncio publicitario sobre un torneo de ajedrez que organizarían en la alcaldía—. Lo vi cuando acompañé a mi mamá a pagar el agua y la electricidad. Como Andrea ganó el interescolar, no podrá participar, y pensé que quizá te interesaría.

Todo iba bien, hasta que Marta empleó esa selección de palabras. Daniel frunció el ceño y apartó la vista del cartel.

—¿Porque Andrea no estará para ganarme?

Martha se dio cuenta de su error. Por impulso buscó poner su mano sobre la de Daniel, pero se retractó y la dejó caer sobre la mesa.

—Lo siento, no quise decirlo así. Es que…

—Tranquila, no importa —la interrumpió—. Al parecer mi lugar siempre es estar de segundo. Ya debería estar acostumbrado.

El fin de su descanso había llegado en el momento preciso. Daniel empujó hacia ella el resto de la torta, se levantó y se volvió a colocar el delantal y el gorro.

Marta no supo qué decir, y Daniel lo prefirió así. Murmuró una despedida y se encaminó a su puesto tras del mostrador. Ya la afluencia de clientes había bajado, así que no tuvo que atender a nadie de inmediato.

En vez de quedarse terminando las tortas, Marta tomó valor y se acercó al mostrador.

—Escúchame un momento, por favor —pidió en voz baja para evitar meterlo en problemas.

Daniel la miró, aún con el malestar reflejado en el rostro. Le fue imposible no relacionar lo de Andrea con lo de Justin. Sin importar sus esfuerzos, otra vez había sido vencido por alguien más.

—Sé lo horrible que es estar bajo la sombra de alguien más. Créeme. No quise decir lo de Andrea para hacerte sentir mal o menospreciar tu talento, sino para recalcar que puede ser tu oportunidad para brillar. ¿Que no has podido vencerla? Bien, quizá sea hora de buscar en otros círculos para fortalecerte, y luego volver para enfrentarla y vencerla. —Le tendió el cartel, pero él no lo agarró de inmediato—. No dejes de participar por lo torpe que fui con mis palabras, Daniel. Sé que te hará bien, para distraerte y para recuperar tu confianza.

—¿Por qué crees que necesito distraerme? —preguntó él, con voz tensa.

Marta no fue capaz de responder, sin embargo, Daniel pudo leer en su mirada que sabía lo afectado que estaba por el noviazgo de Melisa con Justin. Probablemente todos lo sabían ya. Para él era obvia la sinceridad y la buena intención detrás de las palabras de la chica, así que aceptó el cartel. Lo dobló y guardó en el bolsillo de su pantalón.

—Gracias y discúlpame por mi mal humor. No seré la mejor compañía para nadie en estos días —agregó.

Marta sonrió y se atrevió a tocar su mano.

—No te preocupes. Quiero que sepas que aquí estoy para lo que necesites.

Antonieta se sentó en el sillón del recibidor del club. Detestaba tener que esperar por los demás, especialmente si era para un evento al que iba por obligación. La amenaza de su padre de suspender el servicio de internet de la casa, si no iba a ese almuerzo, fue lo que la hizo ceder.

Se iban a casar. Aún no había fecha, pero Kathy, la madre de Justin, ya había aceptado el compromiso. Ninguno de los planes de Antonieta para separarlos estaba funcionando. Al contrario: parecía que cada obstáculo los unía más.

El llanto de una niña la distrajo. Lloraba con desespero y no había ningún adulto a su alrededor. Los que pasaban por la entrada la observaban con curiosidad, mas no se acercaban. Antonieta se levantó para ir hacia ella y llevarla con el recepcionista para buscar a sus padres, sin embargo, una mujer apareció corriendo y la estrechó entre sus brazos.

Antonieta tuvo que desviar la mirada y volver a sentarse.

«*¿Almuerzo familiar para celebrar el compromiso? No hay nada que celebrar. Van a casarse, porque mamá ya no está*».

Acomodó la falda de su vestido y estuvo a punto de sacar el celular de su cartera cuando Kathy pasó frente a ella con paso firme, sin siquiera notar su presencia. Fue extraño para Antonieta que no llegara con su padre.

Guiada por la necesidad de descubrir algo —lo que fuera— que la apartara de sus vidas, decidió seguirla. Atravesó la amplia habitación hacia la terraza. Antonieta salió mientras Kathy descendió por las escaleras hacia el área de la piscina olímpica al aire libre. La adolescente se apoyó del barandal de la terraza y observó hacia abajo.

La novia de su padre caminó, entre las primeras tumbonas y mesas con toldos, hasta un hombre y un nadador joven que conversaban. Ambos adultos desentonaban con el entorno debido a su vestimenta demasiado formal. Y cuando el chico volteó, Antonieta confirmó que se trataba de Justin. Todavía en bañador, cubría parte de su torso con una chaqueta deportiva semiabierta.

—Tienes que subir tus notas, hijo —dijo el sujeto. Antonieta lo escuchó claro por el aumento de volumen que estaba teniendo la charla—. De lo contrario, no seguiré pagando la membresía de este club. No tiene sentido.

—No seas tan drástico, Julio —intervino Kathy—. Alberto le consiguió tutorías privadas para que reciba la ayuda adicional que necesita.

—¿Y de qué sirve eso ahora si seguramente no podrá competir? Debiste actuar con la primera mala calificación.

—Entonces no competiré y ya. No pagues nada —replicó Justin, elevando la voz, hastiado de que hablaran como si él no estuviera presente. Tomó su bolso de la silla cercana—. Sigan discutiendo si quieren. Yo me voy a cambiar.

Se alejó de sus padres y no volvió a girar hacia ellos, a pesar de que seguían llamándolo. Se terminó de subir el cierre de la chaqueta a medida que avanzó por la escalera.

En la cima, se encontró con la mirada de Antonieta. Ella se enderezó y dio unos pasos hacia él.

—Supongo que es un mal momento para hablar de combinar *outfits* para la boda, ¿cierto? —bromeó, intentando aligerar el ambiente, y evitar que se refiriera enseguida al hecho de haber estado atenta a la interacción con sus padres.

—¿Sabes por qué mis padres se divorciaron? —cuestionó él, sin rodeos.

—No creo que sea asunto mío.

—Hace unos años iban a tener otro bebé, pero mi mamá se cayó y lo perdió. Fue un accidente, pero mi papá la culpó. Seguir juntos fue insostenible.

Antonieta guardó silencio. Jamás imaginó que esa era la historia. Pensó en infidelidad, descontrol financiero, o incluso que se acabara el amor. No en una pérdida así.

—Tenía un par de años sin ver a mi mamá cantando frente al espejo. Ayer lo hizo antes de la cita con tu papá —continuó él—. No tengo muchas ganas de tener una hermanastra ni de ser el hijastro del director… pero sí quiero seguir viéndola así de feliz.

—¿Entonces por qué me diste las fotos de sus mensajes?

—Porque necesitaba aprobar ese examen, y porque sé que el hombre indicado no la dejaría por chismes de periódico y fotos sacadas de contexto.

Justin suspiró con un claro cansancio, y acomodó el bolso en su hombro para dirigirse a los vestidores.

—Espera —pidió Antonieta

Justin retrasó su partida.

—A Daniel le gusta Melisa, así que esfuérzate por ser un buen novio.

La lista de planes de Daniel para el sábado no era demasiado amplia. Lo que más le quitó energía fue ayudar a su madre a limpiar, pero terminaron antes del mediodía, y planeó tomar una siesta después de almorzar. Ese día había hecho un cambio de turno con un compañero de trabajo para poder seguir distrayéndose de esa manera.

Mientras almorzaban, Silvia le contó a su hijo que, por fin, los padres habían terminado de organizar el cronograma para llevar a la señora Gladys hasta que repararan su auto. Uno de los mismos representantes era mecánico y se encargaría de ello. También defendió al director Alberto, comentando que, a veces, se ahogaba en un vaso de agua en lugar de buscar soluciones con ayuda de otros. No mencionó a la novia, y Daniel tampoco.

Al acabar de recoger y lavar los platos, cada uno se retiró a su habitación. Daniel se tumbó en la cama y se preparó para dormir la siesta. De reojo, notó cómo la pantalla de su celular volvía a iluminarse, sin embargo, en vez de responder, se dio la vuelta para no ser molestado por la luz. Iba a seguir ignorando los mensajes, como llevaba haciendo desde el día anterior. Había llegado al límite y no quería saber nada de Melisa y Justin.

Dolía.

Frustraba.

Enojaba.

Incluso estando separados, Melisa tardaba en contestar los mensajes de Daniel, a pesar de estar conectada en el chat. Ahora todo era Justin y no había cabida para él en el mundo de Melisa. No tener planes para las tardes después de clases, ni para ese fin de semana era prueba de ello. Cada vez lo hacía más invisible.

Con esos amargos pensamientos, Daniel se quedó dormido. Aunque no fue por mucho tiempo, pues despertó sobresaltado con los golpes que su madre le daba a la puerta.

—Hijo, Melisa está aquí.

La noticia le sacudió su somnolencia e hizo que se sentara en la cama.

«*¿Estoy soñando?*».

—Daniel, te acabo de escuchar —continuó Silvia—. No te hagas el dormido y sal.

El muchacho se puso de pie cuando su madre ya se alejaba por el pasillo. Se colocó la camiseta que había dejado extendida sobre la silla del escritorio y salió hacia el baño. No podía entender qué hacía su amiga allí; lo normal era que tuviera planes con su nuevo novio.

A pesar de ser consciente de lo masoquista que era, Daniel se esmeró en recibirla sin lucir tan desarreglado. Se lavó el rostro, se cepilló los dientes y se peinó. Después, ya listo, experimentó un episodio de ligero pánico. Se arrepintió de haber salido de su recámara, porque significaba anunciar que pronto iría a la sala. No podía pensar en qué le diría ni en cómo se comportaría.

«*¿Y si no puedo actuar casual y me dejo llevar por mis emociones?*».

«*¿Y si termino alejándola para siempre?*».

Tampoco quería eso.

Se apoyó en el lavabo y se quedó mirando fijo el espejo para darse ánimos. Consideró permanecer allí y excusarse diciendo que estaba mal del estómago. Y hubiera sido un buen plan… si la visita no hubiese llegado a perturbarlo.

—¿Estás bien, D? —preguntó Melisa del otro lado de la puerta.

Daniel se sobresaltó y tiró el jabón al suelo.

—Eh… sí. Ya salgo. Disculpa la tardanza.

La chica tardó en replicar; tanto que él creyó que la voz había sido producto de su imaginación.

—Eres importante para mí, ¿sabes? —Daniel se tensó y tuvo ganas de volver a quedarse tumbado en el suelo por horas. Que le dijera eso no lo ayudaba, porque ya sabía que no poseía la clase de importancia que a él le gustaría. Ese fue un doloroso recordatorio—. Me preocupé cuando no respondiste mis mensajes. Quiero contarte algo. Te estaré esperando.

La oyó marcharse.

En ese instante, el adolescente sintió remordimiento por haberla ignorado. Le había costado ser egoísta en lo que a ella respectaba, y ahora la culpa lo atacaba. Su mejor amiga acababa de perder a su abuela y, aunque ya no quisiera hacerse ilusiones, debía necesitar a *su amigo*; no al chico celoso que estaba enamorado de ella.

Por las circunstancias y por ese cariño, Daniel decidió armarse de valor y ponerse una vez más la máscara de apoyo incondicional. Ella seguía siendo la Melisa fuerte para el mundo exterior, pero vulnerable en el fondo. Como todos lo éramos; solo que algunos más que otros. Soltera o no, era la misma que lo sacaba de su zona de comodidad y a la que acompañó en cada muerte de sus peces.

Al salir del baño, el chico se encontró con los ojos curiosos de Plutón. El perro se levantó y le movió la cola, como si supiera lo que acontecía en su interior y quisiera animarlo. No importaba lo que sucediera, su mascota siempre estaba para él.

—Supongo que me toca ser un poco como tú —murmuró Daniel, agachándose para acariciarlo detrás de las orejas.

Al avanzar por el pasillo, Plutón caminó junto a él. En la sala se encontró a su madre y a Melisa sentadas en el sofá, bebiendo café y conversando. Daniel alcanzó a escuchar el nombre de Justin, pero ambas pararon de hablar al notar su presencia.

—Bueno, los dejo. Ya casi empieza una película que llevo tiempo con ganas de ver —dijo Silvia, poniéndose de pie—. Cualquier cosa, me avisan. —Miró a Melisa—. Si quieres, quédate a cenar, cariño. A Juan le encantará verte.

—Muchas gracias —respondió la chica con una sonrisa.

La madre de Daniel pasó junto a él y le apretó el hombro. Con la mirada que le dio, él supo que Silvia también era consciente de lo que ocurría. Solo cuando la vio entrar en su habitación para darles privacidad, Daniel se acercó a Melisa. En lugar de sentarse en el mismo mueble, optó por el sillón individual.

—¿No quieres café con leche? Creo que tu mamá te dejó un poco en la olla.

—No, así estoy bien. Ando sensible del estómago.

Un silencio distinto los cubrió. Por primera vez, fue incómodo y asfixiante. Ambos deseaban continuar con la conversación, pero no sabían cómo. Sí había una nueva barrera entre ellos que les impedía conectar como antes.

Daniel miró a Plutón, que se había echado junto al televisor y los observaba desde allí.

—¿Qué querías contarme? —preguntó por fin—. Este fin de semana quise evitar usar el celular para compartir más con mamá y estudiar sin distracciones. No es que no quisiera hablar contigo, o algo así.

—¿Estamos bien, entonces?

La interrogante estaba cargada de inseguridad. Daniel quiso creer que Melisa se había dado cuenta de cómo lo había dejado a un lado y que le había dolido. Y no, no estaban bien. Ni lo estarían hasta que el equilibrio regresara y se aceptara lo que no podía ser.

—Claro que sí —mintió.

Una sonrisa genuina se dibujó en los labios de Melisa. Terminó el café y dejó la taza sobre la mesa cercana antes de ir al otro extremo del sofá para estar más cerca de Daniel.

—Una de las universidades donde quiero estudiar iniciará un proceso de preselección para un programa de becas. Incluye un vídeo introductorio de uno mismo, para hablar de mí, de mis metas y motivación. Ya he escrito un borrador de lo que quiero decir y me gustaría que me ayudes a revisarlo y luego a grabar.

Como en otras ocasiones, percibir la emoción que encendió el rostro de Melisa fue un deleite para Daniel. En primera instancia, quiso poner todo a un lado de nuevo —incluyéndose a sí mismo— y pisar terreno conocido siendo su cómplice. No obstante, las heridas de su corazón seguían al rojo vivo, y la mirada de lástima que le dio Marta era igual de clara.

Antes de que pudiera dar una respuesta negativa y titubeante, el celular de Melisa sonó con un tono distinto. No necesitó decir quién era: su expresión lo reveló todo. Eso hizo más firme la decisión de Daniel.

«*¿Por qué no le pide a su novio que la ayude?*».

—Hoy no puedo. Tengo que trabajar —dijo Daniel—. Todos estos días estaré *full*.

Melisa dejó de escribirle a su novio y alzó la mirada hacia su mejor amigo. Confusión. Daniel rara vez se negaba a apoyarla en algo.

Aunque fuera cruel y contrario a la reflexión que había tenido en el baño, al muchacho le agradó hacerle sentir una pizca de lo que él llevaba días soportando.

Insuficiente. Invisible. Reemplazable.

—Ah, bueno… ¿y sí tienes que ir hoy?

—Sí, porque hay alguien enfermo. Si tengo una tarde libre, te aviso a ver si puedo ayudarte con algo.

—Está bien.

Un silencio incómodo volvió a adueñarse de la sala. Por primera vez, Daniel no buscó estirar el tiempo en compañía de la chica. Su presencia incluso comenzó a resultarle insoportable. Miró la hora y puso como excusa que debía ir pronto al trabajo para que Melisa se marchara.

Daniel llegó mucho antes de su turno a la panadería y se ofreció a colaborar con la limpieza mientras tanto, decidido a enmendar sus errores de la semana y a distraerse. Sacó las bolsas de basura que halló llenas, pasó un trapo por las mesas del interior del local y después agarró una escoba para barrer la vereda.

Mientras lo hacía, reconoció los rostros de unos jóvenes que iban a su mismo colegio, pero no les dio relevancia… hasta que oyó la mención de su mejor amiga.

—No deberías tomarte tan en serio a Melisa —dijo uno.

—Exacto, no llevan ni un mes de novios —secundó el otro—. Además, Sofía estuvo preguntando por ti ayer.

—Es solo invitarla a que me vea entrenar. No es que nos vayamos a casar mañana.

Al escuchar la réplica de Justin, Daniel confirmó que era él. Entre los tres que ocupaban la mesa, Justin le daba la espalda.

—Sofía se la pasa en el club en ese mismo horario. ¿Quieres que te vea con Melisa? —preguntó el que trajo el nombre a la conversación.

—Espera… pensándolo bien, creo que es buena idea la de Justin. Así Sofía verá que ya la superó y sentirá celos.

—Eso no es…

—Oye, ¿qué te pasa? —interrumpió uno de los amigos a Justin, enfocado en Daniel. Lo señaló para que el resto también lo mirara—. ¿Por qué no trabajas en vez de escuchar nuestra conversación?

Daniel había dejado de barrer, quedándose inmovil, atento a lo que hablaban. Por supuesto, el que lo tenía más al frente se dio cuenta y no le gustó. Sin embargo, la cara de preocupación que puso Justin al reconocerlo —el mejor amigo de su novia— fue una grata recompensa. Porque sí, Daniel había escuchado claramente que Justin quería usar a Melisa para que otra chica se pusiera celosa.

—Perdón —contestó Daniel—, estaba teniendo una revelación.

—¿Qué cosa? —cuestionó confundido el mismo adolescente, sin ser consciente de lo que acababa de suceder.

—Nada. Sigan disfrutando.

Dicho eso, y sin dirigirle la atención a Justin, recogió la suciedad y se dispuso a regresar al interior de la panadería. Detrás, escuchó una silla metálica siendo arrastrada. Supuso que Justin por fin había reaccionado y vendría a darle una explicación poco creíble. Pero Daniel no dio lugar: se marchó de inmediato y pasó el resto del turno en la parte trasera, ayudando al panadero.

El lunes, Daniel todavía no había encontrado la manera de advertirle a Melisa sobre lo que escuchó. Y no fue el único que permaneció con el tema dando vueltas en su cabeza: incluso Justin le envió un mensaje pidiéndole conversar.

Daniel lo ignoró y, en el colegio, no lo buscó.

Con esa nueva información, la molestia de verlos juntos fue mayor. Era indignante que él se burlara de ella de esa forma. Daniel había hecho un poco de investigación por las redes sociales y descubrió que Sofía fue novia de Justin hasta unos meses atrás.

Cada vez que la mirada de Justin se cruzaba con la de Melisa, Daniel deseaba golpearlo. Mientras imaginaba esa escena, el codo de Andrea se clavó en sus costillas y casi derramó el agua que bebía.

—¿Qué te pasa? —gruñó Daniel.

—Que ahora eres sordo, eso pasa —replicó Andrea, torciendo los ojos—. Te pregunté si querías ir a la fiesta en la discoteca de mi primo.

—Somos menores de edad —razonó.

—No dices eso cuando atacas las botellas de vodka en las reuniones de Miguel, ¿o sí? Qué doble moral, albahaca. —Andrea se acomodó el cabello detrás de su hombro y sacó del bolsillo externo de su morral unas entradas—. Será una fiesta privada por mi cumpleaños. Si quieres una, solo tienes que dar un pequeño aporte para comer y tomar todo lo que desees.

Andrea se levantó de su asiento en las gradas de la cancha y repartió entradas a los demás muchachos que comían con ellos. La única del grupo que faltaba era Marta, quien se había ausentado para ir al baño.

—A mí me das cuatro —indicó Justin, retirando el brazo de los hombros de Melisa para recibirlas—. Invitaré a algunos amigos.

Daniel se preguntó si eran los mismos idiotas que estuvieron en la panadería.

—A mí cinco —pidió Miguel, sin quedarse atrás—. Yo invitaré algunas *amigas*.

Andrea bufó, pero igual se las entregó.

Aprovechando que Justin ya no la sujetaba, Melisa se puso de pie para ocupar el espacio vacío junto a Daniel.

—¿No irás? —le murmuró.

Daniel cerró su botella de agua y jugó con ella en sus manos para evitar mirarla. Quería hablarle de Sofía, pero temía que no le creyera, así como el impacto que tendría destruir su ilusión.

—No sé. Creo que mejor me quedo haciendo tarea para ver si logro subir mi promedio. No me ha ido bien en los últimos exámenes y también tengo que cubrir otros días en la panadería.

La mano de Melisa enroscándose en su antebrazo lo obligó a alzar la vista. Ese contacto piel con piel y esos ojos fijos en él lo dejaron sin aliento.

«*¿Por qué tiene que abordarme así?*».

«*¿Acaso no se da cuenta de lo que causa?*».

Daniel deseó tener el valor de desenmascarar a Justin frente a todos y fantaseó con que eso lograría que ella se fijara de verdad en él.

—Te hará bien salir, D. No sé qué te sucede, pero algo de diversión siempre ayuda.

Daniel no pudo hacer más que asentir con lentitud. Aunque implicara verla besándose y bailando con Justin, tuvo la pequeña esperanza de que no fuera así y que, si insistía en que asistiera, ella compartiera con él. Después de todo, Justin también llevaría a sus amigos y estaría pendiente de ellos.

En el fondo, el lado mezquino de Daniel deseaba que en esa fiesta Justin hiciera algo para desilusionar a Melisa, como que apareciera Sofía y hubiera toda una escena de novela. Si sucedía, Daniel debía estar ahí como testigo y soporte.

Sacó su billetera del bolsillo de su pantalón para pagarle a Andrea por la entrada. Esas horas extras en el trabajo traían beneficios para su presupuesto.

—Marta, ahí estás. Estábamos hablando de mi fiesta. También vendrás, ¿cierto?

La muchacha esperó a que Andrea terminara de contar el dinero que recibió de Daniel.

—Eh… no sé. Tengo que esperar a la próxima semana, que es quincena.

Daniel, con ganas de devolverle a Marta el favor de esforzarse por subirle el ánimo, le entregó un par de billetes más a Andrea.

—Yo lo pago, por las tortas del otro día —explicó.

—No es necesario, Daniel —replicó Marta—. No lo hice esperando algo a cambio.

—Déjalo. Aprovecha que no suele brindarle a nadie —dijo Andrea, guardando el dinero y entregando la entrada—. ¿Qué les parece si mañana vamos al cine?

Marta ocupó su puesto en silencio y no volvió a mirar a Daniel el resto del rato. El grupo empezó a hablar sobre las películas en cartelera y Miguel rápidamente se adueñó de la conversación, concentrándose en la que quería que vieran. Melisa le tomó la mano a Justin y Daniel oyó con claridad cuando confirmó que también iría.

Daniel aceptó ir al cine porque la película en la que insistió Miguel era la misma que Melisa y él habían querido ver desde hacía tiempo. Semanas atrás habían estado atentos al tráiler y a la fecha de estreno, pero, debido a las circunstancias, no fueron.

Marta no pudo asistir porque debía acompañar a su madre a una cena, así que la mejor opción de Daniel era encontrar temas de conversación con Miguel, ya que Melisa y Justin estarían enfocados en el otro y Andrea se dedicaría a molestarlo.

—Miguel acaba de cancelar —suspiró Andrea con la vista en el celular—. Tanta bulla con la película para después no venir.

—Maravilloso —ironizó Daniel.

Ahora iba a tener que lidiar con la pareja enamorada y con su rival en el ajedrez. Con Miguel el ambiente habría sido más relajado.

—Pareceremos cita doble —se quejó Andrea—. En fin, iré comprando las entradas.

Daniel asintió y permaneció apoyado contra la pared. Estaba realmente considerando marcharse, pero ni siquiera a Andrea le deseaba la incomodidad de ser un mal tercio. Por lo menos entre los dos podrían sobrevivir la noche, aunque fuera discutiendo.

«*Todo por buscar ser más sociable*».

A lo lejos, Daniel vio a Melisa acercarse de la mano de Justin. Se le revolvió el estómago al percatarse que llevaban camisetas a juego, de esas que se compraban para gritarle al mundo que estaban juntos. Y, por si fuera poco, le dolió admitir que lucían bien.

Melisa abrazó a su mejor amigo en forma de saludo y Daniel respondió de manera automática. Con Justin, intercambió un apretón de manos incómodo.

—Qué bueno que llegaron. Aquí están sus entradas.

Andrea le dio una a cada uno mientras explicaba que Miguel tampoco se presentaría. Daniel frunció el ceño al leer el nombre de la película.

—¿Veremos una película de zombis? —inquirió—. ¿Qué pasó con la de ciencia ficción?

—Melisa quedó en decirte —respondió Andrea, mirando a la aludida.

—Ay, D. Lo siento, se me olvidó. Es que la de zombis ya no estará la próxima semana y Justin quería verla. Podemos venir otro día a ver la de ciencia ficción.

Daniel forzó una sonrisa, pero, a pesar de su intento, sintió la comisura de sus labios temblar.

—Ah, entiendo. No hay problema. —Se dio la vuelta para dirigirse a la venta de refrigerios—. Vayamos comprando las cosas antes de que sea más tarde.

No los esperó para colocarse en la fila. Respiró hondo y se dijo que solo tendría que soportar un par de horas. Una película de zombis —cuyo tráiler le pareció repetitivo y sin base científica—, risitas empalagosas y las palabras filosas de Andrea. Nada que cualquier otro adolescente no pudiera aguantar.

En la sala de cine, por una triste broma del universo, Melisa quedó sentada entre Justin y él. Pero, claro, ella se recostó en la butaca de su novio para entrelazar sus brazos, creando su propia burbuja y dejando fuera a Andrea y a Daniel. El chico ojeó a la pelinegra en el asiento a su izquierda, quien enviaba mensajes. Sin querer, Daniel vio que eran para Antonieta.

Resignado, en esa sala casi vacía, se encogió en su asiento y vio el inicio de la película. Se fue comiendo sus cotufas sin apartar la vista de la pantalla.

MíA
MiO

En realidad, su mente no seguía la trama, sino cada ruido de sus vecinos. No se atrevía a mirarlos para no grabar en su memoria imágenes que no deseaba conservar, aunque lo que imaginaba era incluso peor. Estaba seguro de que había besos ocasionales. También se daban de comer y se susurraban cosas que él no podía escuchar.

Daniel intentó relajarse, pero terminó tenso durante hora y media. Andrea casi no soltó el celular, así que supuso que tampoco la había pasado demasiado bien.

Al acabar la película —que más bien le pareció una parodia— y salir de la sala, quiso golpearse la cabeza contra la pared cuando Justin comentó lo buena que había estado y Melisa lo apoyó. Estuvo por soltar una reseña despectiva, pero se contuvo.

Esperando que en unos minutos la emoción disminuyera para poder comer en paz los helados que se comprarían, Daniel se excusó para ir al baño. Mientras se lavaba las manos, se sobresaltó al ver a Justin reflejado en el espejo.

—Sigues ignorando mis mensajes —dijo el novio de su mejor amiga.

—No eres mi amigo. No tenemos nada de qué hablar.

Sin Melisa presente, Daniel no necesitaba fingir amabilidad. Justin no la merecía.

—Lo que escuchaste en la panadería no es lo que piensas. Melisa me gusta en serio.

Daniel se secó las manos sin apartar la mirada de su reflejo y luego giró, con la respuesta lista.

—¿Y la tal Sofía también te gustaba en serio, o solo jugabas? ¿Se puede romper con alguien y estar con otra persona tan rápido?

—Melisa es diferente. Lo sabes. Yo sí me he dado cuenta de cómo la miras.

Que lo supiera lo descolocó por completo. Al no salirle una negación automática, Daniel comprendió que no podría convencerlo de lo contrario. Aunque, transcurrido el susto inicial, concluyó que quizá no era tan malo.

—Entonces cuídala, si no quieres que venga llorando a mis brazos.

—Tú ya tuviste tu oportunidad durante mucho tiempo y no hiciste nada. Porque si ella supiera que tú…

—Prefiero ser su amigo —mintió Daniel, para quitarle a Justin el poder de atentar contra su amistad—. Por lógica, es con lo que decidí conformarme. Así de importante es para mí.

—Eso no tiene ningún sentido.

Como tampoco lo tenía el haberse besado y no obtener ningún tipo de reacción después; que ella se hubiera hecho novia de otro pocos días más tarde; que siguiera actuando como si nada hubiera pasado. A veces Daniel se cuestionaba si todo había sido producto de su imaginación.

—Solo respétala y sé sincero con ella.

Querido tú,

Entre mis escritos te encuentro.
Entre mis propias derrotas y desconsuelo.
Entre lo que nos une en silencio;
sin que tengas idea de ello.

Quisiera que te enamoraras de mí.
Que cuando me veas de nuevo,
encuentres lo que no antes de partir.
Porque no he podido sacar tu mirada de mi mente;
un hechizo del que no eres del todo inocente.

Si te das cuenta,
¿mirarme diferente podrás?

Justin terminó de escribir la respuesta faltante en su hoja y alzó la mirada hacia su novia antes de verificar los resultados. Melisa, quien estaba del otro lado de la mesa de comedor, también apartó por un momento la atención de lo que leía en la pantalla para ojear en su dirección.

—Ya casi estoy lista para mostrarte el borrador de lo que diré en la grabación —indicó ella—. ¿Cómo va tu práctica?

—No me gustan las matemáticas, pero...

—...sabes que son importantes y una materia que hay que aprobar —completó ella por él con una sonrisa de comprensión—. Me alegra que Miguel sea tu tutor. Yo sí me había dado cuenta de sus buenas notas.

—Por lo menos a ti te parece bien. Mis amigos siguen burlándose e insisten en que, en vez de estudiar, vaya a fiestas —admitió.

—Tal vez en realidad no son tan amigos. Deberían estarte apoyando. —Melisa esta vez dejó la vista fija en él—. Últimamente he estado pensando mucho en las personas que llegan y se van. Sé que en la universidad seguramente conoceré a muchas personas nuevas y diferentes, pero también esa nueva etapa me hará perder otras. Asusta un poco.

—Yo también pienso en eso. El otro día leí algo sobre que los cambios significan crecimiento, así que son necesarios —contestó Justin—. A principios de año no imaginé que estaría aquí contigo, mucho menos ayudándote con una aplicación para una beca. —Bajó el lápiz para concentrarse solo en ella—. Por cierto, ¿tu papá estaba menos molesto esta mañana por lo de ayer?

—Creo que sí. Te llamó por tu nombre, no como «el muchacho ese».

El día anterior fueron a una pista de patinaje sobre hielo y, de regreso, al taxi se le espichó un caucho. Como no tenía de repuesto, tuvo que llamar a un amigo que tardó más de una hora en llegar, y Melisa se había quedado sin batería en su celular. Llegó a casa ya siendo de noche.

—Bueno, ese es un avance, aunque sé que jamás podré ganarle a Daniel —soltó por impulso. Melisa tardó en reaccionar. No había sido su intención traer al mejor amigo de su novia a la conversación; sin embargo, las palabras de Antonieta y las del mismo Daniel seguían rondando por su mente—. Seguro prefiere a alguien como él para ti.

La chica dejó su asiento y arrimó la silla del cabezal del comedor para sentarse junto a él. Justin esperó en silencio, consciente de que esa firmeza en sus movimientos vendría acompañada de una afirmación contundente.

«¿Cómo no preferir esa determinación que era capaz de arrasar con todo?»

—No digas eso. Él es como un hermano para mí. —Melisa tomó su mano sobre la mesa—. Tú eres mi novio.

Qué cálida era esa sensación de ser elegido. Correspondido. Defendido. Y justamente por ella.

—¿Aunque sea en serio lo de querer ser locutor deportivo? —murmuró él.

—Incluso así.

Justin se inclinó hacia adelante y llevó su otra mano a la mejilla de la chica. Melisa mostró su sorpresa ante el gesto y fue notable el rubor que apareció en su rostro. El corazón del mismo Justin comenzó a latir con fuerza, mas las ganas de besarla eran más poderosas. Se acercó otro poco y estuvo por unir sus bocas, hasta que el ruido de unos tacones en el pasillo lo detuvo.

Ambos adolescentes retrocedieron al instante. Justin agarró de nuevo el lápiz y pretendió estar escribiendo en su cuaderno, mientras Melisa regresó a su asiento y colocó las manos en el teclado de la *laptop*. Instantes después, la puerta fue abierta por completo por la madre de Justin, quien traía consigo una bandeja con galletas.

—¿Cómo va todo? Si necesitan ideas para el discurso, me avisan —dijo Kathy mientras ponía la merienda entre ellos—. Cualquier cosa, estaré en la cocina. ¿Te quedas para cenar, Melisa?

—Muchas gracias, señora. Todo va bien. Seguramente ya mañana podremos grabarlo. Y…

—Kat, corazón. No señora, por favor. ¿Sí te quedas para cenar?

—No, mamá. Tiene un compromiso con sus padres. Su papá vendrá en un rato a buscarla —respondió Justin.

Tampoco quería que Melisa estuviera presente en la incomodidad que todavía se percibía en esas comidas. Antonieta parecía estar cediendo con la integración de Kathy y Justin a su cotidianidad; no obstante, algunos comentarios chocantes seguían escapándose.

—Así es. De hecho, seguro me llaman en cualquier momento —agregó Melisa.

—Qué lástima. Recuerda que eres bienvenida cuando quieras.

Con esa última frase, la cual Justin agradeció no fuera escuchada por Antonieta, Kathy se retiró dejando la puerta abierta.

—Tu mamá es adorable —comentó Melisa.

—Lo es. Aunque no se lo diga tanto.

La pantalla del celular sobre la mesa se iluminó. Melisa revisó el mensaje.

—Ya mi papá viene en camino. —Cerró su computadora y empezó a guardar sus pertenencias en el bolso junto a ella—. Deberías decirle esas cosas lindas a tu mamá más seguido entonces. La vida se va rápido.

Sabiendo bien desde dónde provenía esa sugerencia, Justin se puso de pie antes de que fuera necesario acompañarla hacia el jardín frontal de la casa de los Márquez. Al estar distraída, no notó su cercanía hasta instantes previos de tener los brazos a su alrededor. Melisa colocó el cable que había estado enrollando sobre la mesa y también lo abrazó.

No fue necesario decir palabra alguna. Ese gesto era el recordatorio y apoyo a la medida para sostenerla.

El sonido de otro mensaje entrante hizo que se separaran. Justin percibió la ligera humedad en los ojos de su novia y decidió darle de una vez el fugaz beso de despedida, pues frente a su padre no lo haría.

La acompañó hacia la calle y esperó a que el auto del padre de Melisa arrancara antes de regresar al interior de la casa. De nuevo en el comedor, se topó con Antonieta comiendo una galleta y ojeando los papeles sobre la mesa.

—¿Ya se fue tu novia? —preguntó, girando hacia él.

—Sí. —Justin terminó de entrar a la habitación y comenzó a guardar sus cosas en su mochila—. Mi mamá hará pasticho de cena. Trata de callar tus críticas esta vez, por favor.

—Me esforzaré, pero no prometo nada. —Antonieta hizo una pausa, todavía indecisa sobre si abordar el próximo tema—. Oye, sobre lo que viste el otro día…

—No tienes que darme ninguna explicación —la interrumpió de inmediato. Llevaba días preparado para cuando se refiriera a ello—. No tiene nada de malo querer estar con la persona que te gusta y hace bien. Nuestros padres lo están haciendo, sin importar los comentarios del resto.

—No es igual.

—¿No?

El aporte monetario para asistir a la fiesta de Andrea valió la pena. Era en una de las mejores discotecas de la ciudad, en una zona elevada que permitía una amplia vista de los alrededores desde la terraza. El ambiente interno había sido acondicionado para el cumpleaños: mesas decoradas, escenografía para fotos y una iluminación tenue.

Para Daniel lució más como una fiesta de Halloween, a pesar de que ya había pasado casi un mes de la festividad. En lugar de escoger una temática femenina y delicada, sobresalían los colores púrpura y negro, así como murciélagos y calaveras por doquier. Era muy Andrea; sin embargo, Daniel no creyó que sus padres fueran tan fieles a sus gustos ni que gastaran tanto en complacerla.

La música era agradable, salvo por esos extraños saltos hacia tonos graves del género electrónico que sonaban sacados de una película de terror. La comida era buena y Daniel se dio un festín entre los dulces y aperitivos. También se acercó un par de veces a la barra para pedir de esos cócteles supuestamente sin alcohol, cuyo sabor decía lo contrario.

No bailó ni pudo integrarse demasiado en las conversaciones de los muchachos. Andrea iba de un lado a otro para atender a los invitados, Miguel se turnaba para entretener a las chicas que había invitado; Antonieta no estaba; mientras que Melisa y Justin se la pasaban bailando y besándose. La única que le prestó verdadera atención fue Marta, pero un chico la sacó a bailar; con esa cara de malhumorado que tenía Daniel, ella prefirió aceptar.

Daniel los veía a todos divertirse desde el *puff* que ocupaba. Se refugiaba en la comida, esperando con ansias que cantaran el cumpleaños. Por lo menos, sus padres le habían reembolsado lo gastado en la entrada, colaboró en que Marta se distrajera y no quedó como un completo asocial.

El aspecto de Marta lo sorprendió. Llevaba un vestido gris, ajustado al torso y con falda de varias capas. Su peinado alto y maquillaje acentuaban sus pómulos marcados, algo que llamó la atención de Daniel. Pese a su propia tormenta interior, le agradó que por lo menos ella se estuviera divirtiendo.

Justin no dejó sola a Melisa para irse a entretener con sus amigos; la animó a integrarse a ellos, como ella había hecho con él en el colegio. Quizá sí se había tomado en serio la advertencia que le dio.

«*Si la amo, ¿por qué los celos me hacen desear que Justin haga algo para lastimarla?*».

El muchacho fue por otro cóctel. Cuando regresó a su puesto, vio cómo Melisa se alejaba de Justin, salía de la pista de baile y cruzaba las puertas de cristal hacia la terraza. Casi enseguida, el celular de Daniel vibró: era un mensaje de Melisa indicando dónde estaba y pidiéndole que fuera.

Daniel tuvo que releer el texto un par de veces. Sintió cosquillas en las manos. Lo miserable que había estado hasta ese momento fue reemplazado por la expectativa.

«*¿Por qué quiere verme a solas y no fue ella misma a decírmelo? ¿Cuál es el secreto?*».

Se bebió el trago y se levantó del asiento con un ligero tambaleo. Acudió al llamado de la chica que creía amar lo más rápido que pudo.

Lo esperaba apoyada del barandal, de espaldas a él, mirando la ciudad. Su cabello estaba recogido en una coleta alta, lo que permitía a Daniel ver su cuello y hombros desnudos. El vestido dorado de Melisa, con la parte delantera corta y cola en la parte trasera, brillaba por las luces externas.

Daniel se aproximó sigiloso porque temía arrepentirse en el último instante y no poder marcharse sin ser visto. No obstante, la castaña giró como si lo hubiera sentido llegar y le sonrió. Las entrañas del muchacho se removieron.

—Eso fue rápido —dijo ella.

—Sí. No estaba tan lejos, ni ocupado con nadie —replicó.

Daniel ocupó el espacio junto a ella, apoyando un brazo en el barandal. No estaban solos allí, pues varios habían decidido disfrutar de la música, admirando la luna y las estrellas.

—¿La estás pasando bien? —preguntó—. Disculpa si no he podido estar mucho contigo; es solo que... todavía me estoy acostumbrando a lo de ser novia y a distribuir el tiempo.

Que se preocupara por cómo iba su experiencia en la fiesta fue alentador. No la había perdido del todo, aunque no era agradable tener que recibir las migajas.

—Sí, tranquila. Yo entiendo. He comido bastante, así que no me quejo.

La respuesta no fue suficiente para Melisa. Se acercó más a él y le tocó la mano.

—Melisa, ¿qué...?

—¿Ninguna chica ha llamado tu atención? —soltó de repente para interrumpirlo—. Hay primas de Andrea muy bonitas, inteligentes y chéveres. Sé que eres tímido, pero puedo ayudarte si quieres. ¿Y la chama que te gustaba? ¿No crees que sería genial llegar a tener una cita doble? Quiero verte feliz y, quizás, con una novia...

—No —la cortó.

Lo que le dijo arruinó la buena vibra que estaba sintiendo. Le dolió que lo alentara a interesarse en otras chicas, porque significaba que de ninguna forma lo consideraba como posible pretendiente suyo.

«*¿Acaso el beso no fue nada para ella? ¿Ninguna señal sobre sus sentimientos? ¿Cómo podía estar hablando de citas dobles?*».

—¿Por qué no? —cuestionó ella ante la apresurada y seca respuesta de su mejor amigo.

—Porque no me interesa —dijo Daniel.

Hizo una pausa para obligarse a cambiar de tono; sabía que estaba siendo tajante y ella, en realidad, tenía buenas intenciones. Sin embargo, al segundo siguiente, no pudo contenerse y convirtió esa fiesta en una prueba de su amistad

—A ver, dime: ¿por qué estás enamorada de Justin? ¿Qué te hace tan feliz de él?

Melisa se tomó un momento para pensarlo; no se esperaba ese cambio brusco en la conversación. Lo citó para hablar de él y brindarle su apoyo, no para tratar el tema de su noviazgo.

—Enamorada, no creo estarlo todavía. No tenemos tanto tiempo juntos como para saberlo, D. De lo que estoy segura es de que me hace reír, me cuida y podemos estar horas hablando de cualquier cosa —confesó.

Daniel puso la otra mano en el barandal y miró hacia abajo para que ella no notara lo mal que le hacía escucharla decir eso.

—Todo eso lo hago yo también, ¿ya lo olvidaste? ¿Y si estás confundida con tus sentimientos?

No, ya no había vuelta atrás. Estaba harto de dejar que todo se acumulara en su interior y era hora de descargarlo. Era impulsivo y también le pasaría factura después, pero le urgió un alivio.

—No, D, es diferente. No sé cómo explicarlo. Solo puedo decirte que cuando sientas algo así, lo entenderás.

Daniel quiso reír con histeria y, a la vez, gritarle que ya sabía perfectamente cómo era: tanto lo lindo como lo feo que había experimentado recientemente. No obstante, no había alcanzado ese punto de locura todavía. Respiró hondo y buscó mantener una voz neutral.

—¿Y el futuro? ¿Qué pasará cuando termine el año escolar y tengamos que ir a la universidad?

—Aún falta para eso y ya se verá. Estas semanas aprendí que es mejor no adelantarse, porque un día estamos y al siguiente puede que no.

Daniel estaba demasiado saturado con su dolor como para detenerse a darle importancia a la reflexión que Melisa tuvo por la muerte de su abuela. Solo estaba enfocado en seguir sacando lo que le pesaba.

—Claro que el futuro importa —corrigió él mirándola—. Hemos hablado de universidades, ¿o no? ¿En serio no te parece descabellado lo que Justin dijo el otro día? ¿Qué es eso de querer ser comentarista deportivo?

Melisa frunció el ceño, disgustándole que atacara a su novio.

—Lo que Justin quiera, es asunto de él. No tienes derecho a criticarlo, mucho menos si no te has tomado el tiempo para conocerlo. Él no…

—Es porque es atractivo, ¿cierto? Pues, Melisa, puedes encontrar a alguien mejor. No vivimos en un libro de romance ni nada por el estilo, esto es la vida real.

—¿Mejor cómo quién? ¿Como tú? —espetó ella, que también había llegado al límite—. No, gracias. No quiero a un amargado que se cierra al mundo y que cree que, por obedecer todas las reglas, es mejor que los demás.

Dicho eso, Melisa se apartó furiosa. Dejó a Daniel boquiabierto; jamás le había dedicado palabras tan hirientes. Claro, él tampoco.

Todavía perplejo —y apenas dándose cuenta de la gravedad de lo que había hecho—, se sintió expuesto ante las miradas de los presentes en la terraza. La escena subió de tono y captó la atención de inmediato. Sin sentirse capaz de mover las piernas, les dio la espalda a todos y volvió a mirar hacia la ciudad.

Las lágrimas que se deslizaron por sus mejillas eran de rabia. Apretaba la baranda con fuerza, evitando que la situación escalara y terminara golpeando o rompiendo algo. Cada vez que creía que las cosas no podían ser peores, el universo le recordaba que sí. Y él mismo contribuía a que lo fueran al dejarse llevar por lo subjetivo.

—¿Daniel? —llamó Marta.

—Ahora no, Marta. Por favor.

Pese a su petición, vio de reojo a la chica situarse a su lado. No dijo nada por un largo rato; se quedó en silencio, observando hacia lo lejano junto a él. Bajo la luz de la noche lucía incluso más hermosa y Daniel deseó poder preguntarle por qué estaba perdiendo el tiempo con él. No obstante, el egoísmo de sentirse menos solo con ella allí lo impidió.

Los minutos transcurrieron y el incendio en Daniel se apagó. Ya no quería destruir, quería volver a su cueva y dormir en paz. Preferiblemente para siempre. De la discusión con Melisa quedó un vacío de mayor tamaño. Por fin ella había sido sincera y soltado qué pensaba de él y por qué nunca podría verlo como algo más. Otras personas ya habían usado esos adjetivos para referirse a él y no le afectaron; sin embargo, que Melisa lo hiciera fue mortal. Molesta o no, sabía que era la verdad.

—Creo que ya me voy —informó Daniel para no dejar a Marta solo así.

—¿No esperarás a cantar el cumpleaños?

—No, creo que no. Sigue pasándola bien. Nos vemos el lunes.

Daniel se dio la vuelta y se dispuso a irse. Su papá se ofreció a buscarlo si la fiesta terminaba antes de las doce, por lo que, estando fuera del local, lo llamaría.

—No eres amargado —dijo Marta poniendo una mano en su hombro. El adolescente no pudo girar—. Melisa no debió decir lo que dijo. No así. Se supone que son amigos. Fue solo un momento de enojo; sé que se arrepentirá después.

—Yo también dije cosas muy feas y fuera de lugar —murmuró Daniel, consciente de su error.

—Ella es la que está perdiendo a alguien valioso y no se da cuenta.

Con esa frase, Daniel tuvo que encararla. No había querido mostrar su expresión de tristeza, pero se sintió tan bien oír que sí era apreciado, que dejó de resistirse a recibir una dosis mayor. Al mirarla de verdad, reconoció algo de sí mismo.

«*¿Cómo no me percaté antes?*».

—No me conoces lo suficiente para saberlo —murmuró el muchacho.

Marta puso una mano en la mejilla del chico. Toda su mano temblaba y él tuvo que sujetarle la muñeca para estabilizarla. No era el choque eléctrico que sentía con Melisa, pero ella no se apartó. Era reconfortante esa mirada de cariño miedoso que le daba y los nervios palpables. Que él tuviera en ella el efecto que Melisa le generaba fue embriagante.

Refugiado en la sensación, tampoco se movió cuando ella se armó de valentía y le dio un beso. Él respondió porque quería saber lo que era besar a una chica que no fuera Melisa y porque creyó que podría disminuir el dolor. Al separarse, el gesto le dejó la amargura de haberlo hecho por las razones incorrectas.

—Marta, lo siento, pero esto…

—No digas nada —lo interrumpió, apartando los dedos de sus propios labios, pues le había sido inevitable tocarlos al concluir el beso—. Yo sé lo que dirás y no quiero escucharlo. Fue un beso para que te des cuenta de que hay más opciones. Avanza. Ella ya lo hizo.

PARTE III

Aceptación

A Daniel le costó creer lo que vio el lunes en cada pared de la institución. Sin importar hacia dónde volteara, había un cartel con la foto de Antonieta y Andrea besándose. Por la ropa de la reciente cumpleañera, le fue obvio que la imagen había sido tomada en la fiesta del sábado.

Los estudiantes que también llegaban a primera hora miraban anonadados el asunto. Daniel se había quedado viendo el cartel que cubría la puerta de la oficina del director, quien todavía no llegaba. Quiso arrancarlo, pero sabía que no podría quitar todos antes de que explotrara la situación. Pensó en sí mismo, si sus sentimientos fueran expuestos de esa manera.

«*¿Es otra represalia por la novia del director?*».

El chico se tambaleó cuando alguien chocó con él. Su interior se sacudió al percatarse de que se trataba de Melisa, con quien no había hablado desde el incidente en el cumpleaños de Andrea.

Ella murmuró una disculpa, sin hacer contacto visual, y trató de escabullirse. Daniel sabía que no iba a soportar perderla. Aunque le hubieran dolido sus palabras y ser testigo de su noviazgo fuera una tortura, también era consciente de que se había comportado como un imbécil.

—Melisa —dijo para detenerla.

La castaña soltó un suspiro y lo encaró.

—¿Ya estás sobrio y pensando correctamente? —cuestionó.

Que estuviera enojada con él era incluso peor que los celos que pudiera sentir. Extrañaba a su mejor amiga y la culpa de estarse distanciando no lo dejaba en paz.

—Sí, y quiero disculparme por lo que dije el sábado. No tengo por qué meterme en tu relación ni hacer comentarios despectivos —respondió—. Eres inteligente y sé que, si lo elegiste, fue por algo.

La última frase fue como ácido ascendiendo por la garganta de Daniel, mas salió sin ningún rastro de resentimiento detectable. Aunque fuera difícil y lo hubiera dejado con la incertidumbre de ese beso, iba a tener que respetar su decisión. Cada vez era más claro el motivo por el que Melisa optó por ignorar la existencia del beso que compartieron.

La expresión de ella se suavizó.

—Está bien, D. Te perdono —indicó—. También discúlpame a mí. Fui demasiado impulsiva y te hablé muy feo, pero tuve suficiente con mi mamá alegando que todo era demasiado precipitado e incluso hablándome de enfermedades de transmisión sexual y de un montón de cosas para las que no tengo cabeza ahora. Él me hace bien y eso es suficiente por el momento. No tenemos por qué tener todo pensado y planificado.

—Me alegra. Eso es lo importante —contestó.

Ese era el Daniel que tenía que ser, no el que respiraba por la herida. Si ella estaba bien, él también debía estarlo.

—En fin, ya que volvemos a estar bien —continuó ella—, ¿quién crees que haya puesto esas fotos? ¿Será también por el noviazgo del director Alberto con Kathy? ¿Por qué ahora atacar a Antonieta? ¿Serán fotos de verdad o fotomontaje?

Daniel recordó lo mucho que Andrea y Antonieta se escribieron durante la película, e incluso comenzó a unir gestos y acciones a las que antes no les había dado importancia. No era que fuera algo malo que se quisieran de esa forma; de hecho, solo debía de ser de interés para ellas. Nadie tenía derecho de exponerlas así, ni a opinar al respecto.

—No lo sé, pero quizá el director tenga que llamar a la policía.

La mirada de Melisa se desvió hacia otro lado y Daniel la siguió para darse cuenta de que se había posado en Justin. El nadador acababa de llegar y saludaba a sus amigos. Le hizo una señal a la castaña para que se acercara.

—Justin va a contarme algo. Nos vemos después, D. Claro, si el director no quema el colegio.

—O los padres de Andrea, por todas las leyes de privacidad y de menores de edad que esto rompe —razonó Daniel.

Melisa le sonrió, mostrándose agradecida de que estuvieran en buenos términos otra vez. No era un delirio de Daniel: sí congeniaban y disfrutaban de la compañía del otro. Quizá una relación no necesariamente debía ser romántica para sentirse como magia.

Daniel se quedó allí, viendo cómo ella se apartaba con Justin a un rincón para hablar de asuntos a los que él no pertenecía.

«*No, no puedo ser el centro de su universo*».

En eso, alguien tocó el hombro de Daniel para llamar su atención. Era Marta.

—Eh, hola —saludó ella.

Después del beso, Daniel igual se había marchado, solo que no tan decaído. Marta lo había hecho sentir mejor consigo mismo al verse deseado por alguien. A pesar de que no terminó siendo incómodo y de que Marta aseguró no esperar nada a cambio, no intercambiaron mensajes luego de eso.

—Hola —contestó él, tanteando el terreno.

No quería que las cosas fueran raras entre ellos, pues ella era quien lo estaba ayudando a sobrellevar su despecho.

—Bueno, ¿todo bien?

Para Daniel fue obvio que Marta quería saber en qué página estaban. Seguro temía haberlo espantado o algo por el estilo. Pero no, no era así. Él era quien no deseaba dañarla con sus sentimientos confusos.

—Dentro de lo que cabe, sí, todo bien. Especialmente en lo que está en el radio de un metro de distancia —replicó Daniel, intentando sonar ingenioso y carismático con el final.

Una vez lo utilizó con Melisa y a ella le encantó. No fue diferente con Marta: le sonrió con extrañeza, pero también con diversión.

—Es un alivio.

El estruendo de la reja de la entrada principal hizo que ambos adolescentes olvidaran por unos instantes lo que se estaba formando entre ellos. Era el director ingresando y percatándose de las fotografías. En un arrebato inicial, comenzó a arrancar los carteles cercanos y a exigirles a los presentes que hicieran lo mismo. Antonieta, quien llegó con él, ignoró todo con los audífonos puestos y caminando de largo. Daniel pudo notar una ligera sonrisa cuando pasó frente a ellos: ni asustada ni de molesta, sino de satisfacción.

—Señorita Blanco, a mi oficina —ordenó el director cuando Andrea dio el primer paso dentro de las instalaciones, segundos después que ellos.

Daniel notó que la pelinegra tampoco reflejaba preocupación, ni siquiera sorpresa.

Andrea siguió al director, quien se había dado por vencido con los carteles. Antonieta, que se había detenido en la entrada de la oficina, extendió la mano hacia ella cuando la tuvo cerca. La tomó y así ingresaron juntas a dirección.

Tras cerrarse la puerta, por el patio se esparcieron comentarios de lo hermosas que eran, de lo inesperado de todo, de que ahora eran realmente inalcanzables.

—¿Tú sabías sobre eso, Marta? —preguntó Miguel deteniéndose junto a Daniel y Marta—. ¿Está mal que ahora sienta una especie de amor platónico hacia ellas?

—No sabía ni sospechaba nada —respondió Marta—. Y no me parece raro que tengas ese tipo de pensamiento.

Daniel se creía un experto en ocultar sus sentimientos. Se preguntó por cuánto tiempo ambas habían guardado ese secreto y, a la vez, se maravilló por la valentía de enfrentar la situación. Habían demostrado su firmeza al agarrarse de las manos de aquella forma. Porque, lastimosamente, los comentarios negativos también llegarían.

«*¿Y yo, teniendo todo a mi favor, todavía no soy novio de Melisa y sigo ilusionado con que algún día pase?*».

Habían estado en el mejor momento para ser algo más que mejores amigos. Sus padres estarían de acuerdo, llevaban años conociéndose y se complementaban. Ese beso hubiera sido el inicio de todo, pero no fue así. Ella no quiso que fuera así.

—¿Marta? —dijo Daniel.

—¿Sí?

—¿Te gustaría que fuéramos a comer algo después del torneo de ajedrez?

La chica parpadeó varias veces, como si no pudiera creer lo que escuchaba. Reaccionó con la palmada que le dio Miguel en la espalda al despedirse para darles privacidad. Marta se apresuró a asentir, con las mejillas ligeramente coloradas.

Las clases de las secciones del último año de bachillerato fueron suspendidas ese día. La policía acudió a la institución junto con un personal del ente de protección de niños y adolescentes. Las cámaras de la institución fueron revisadas, pero no había nada del incidente captado en vídeo, sino un hueco en las grabaciones. De todas formas, se realizó la denuncia y los alumnos ayudaron a remover los carteles.

Con el transcurrir de la semana, el tema fue menguando. Aunque se llegó a especular que la misma Antonieta había difundido las fotografías, eso pasó a segundo plano con la cercanía de la vendimia navideña anual y las actividades para su organización. No obstante, el recuerdo de lo acontecido permaneció, porque Andrea y Antonieta lucían más sonrientes y cercanas. Más livianas.

Por su parte, participar en el torneo de ajedrez fue el alivio momentáneo de Daniel. Marta había estado en lo cierto: lo acompañó, le dio ánimos y él ganó. No pensó en Melisa, sino que disfrutó de sus triunfos y de la atención.

—¿Qué te gustaría comer? —le preguntó Daniel a Marta, sin salir todavía de su emoción.

El trofeo que cargaba en su mano no era tan llamativo ni grande; sin embargo, representaba que sí podía dejar de ser el segundo.

—Puede ser pizza. Hay una pizzería muy buena en la otra cuadra —respondió ella mientras salían del salón de eventos de la alcaldía.

Avanzaron por la calle bajo la luz del atardecer del viernes. Entraron en el local recomendado por Marta y tomaron asiento en una mesa del fondo, donde había menos ruido y podrían hablar más a gusto. Conforme pasaban más tiempo juntos, Daniel se iba sintiendo mejor y se daba cuenta de que sí había vida lejos de Melisa. Volver a conocer a alguien, conversar sobre sus intereses o solo bromear le daba esperanzas de que, en algún momento, el malestar en su pecho se iría.

—Gracias por sugerirme participar. Sé que no es la gran cosa, pero me siento invencible.

Marta sonrió, alzando por un momento la mirada del menú.

—No lo menosprecies, claro que es la gran cosa. Yo no hubiera podido ni siquiera jugar.

—¿No sabes?

—No mucho. —Encogió los hombros—. Supongo que el hecho de que mi mamá me contara que a papá solía gustarle hizo que me bloqueara de aprender. Pero me gusta ver a los demás jugar.

—Si alguna vez te gustaría aprender, puedo enseñarte.

—¿En serio? Me encantaría, gracias.

El mesero llegó y tomó su orden. Las bebidas fueron servidas primero, y la charla, mientras esperaban, fue entretenida y llena de risas. Marta jugaba con su cabello y rozaba las manos de Daniel cuando podía. Y Daniel no se mentía: lo que despertaba no era igual a lo de Melisa, pero era una buena manera de empezar. Nada se sentía forzado y la atracción de Marta por él era desbordante. Quizá, cuando sanara, esa chispa que buscaba encenderse podía consumirlo con intensidad semejante.

—Ya vengo, voy al baño —indicó Marta al poco tiempo de haber empezado a comer.

Daniel continuó comiendo mientras veía hacia el exterior. Casi anochecía y las personas caminaban por la calle. Todo marchó bien hasta que reconoció a la castaña que pasó guindada del hombro de un chico alto y rubio. Era Melisa con

Justin. Se sonreían y desplazaban como dentro de una película romántica.

Daniel no pudo evitar preguntarse a dónde iban a esa hora y si los padres de ella sabían que estaba con él. Era viernes, y se suponía que ese día por las noches Melisa veía películas con sus padres.

Así de fácil, todo lo que Daniel pudo avanzar mentalmente ese día en torno a Melisa y a su superación se desmoronó ante la curiosidad de obtener una respuesta, bajo la excusa de que solo velaría por el bienestar de su mejor amiga.

Dejó la mesa sin esperar a que Marta volviera y salió de la pizzería. Los vio doblar en la esquina y se acercó con cautela para no ser descubierto espiando. También se subió el cierre de su suéter y trató de ocultar un poco su rostro con la capucha.

Ya en la esquina, fue testigo de cómo cruzaron la calle e ingresaron a una cafetería. En lugar de permanecer dentro del establecimiento, ocuparon una mesa en la parte externa. Daniel se sintió como un acosador, pues al parecer solo estaban teniendo una cita. Iba a marcharse cuando quedó paralizado al ver a Melisa sacar algo de su cartera y llevarlo a su boca.

Era un cigarrillo.

Querido tú,

Te conviertes en una fantasía recurrente,
que me mantiene envuelta mucho más de lo aparente,
que me asecha desde la penumbra,
que me recuerda que,
aunque todo se derrumba,
un corazón puede salir de su tumba.

Y es que vivo con la expectativa de hallar tu mirada en cualquier instante,
para que llenes el espacio restante,
y nuestras grietas encajen.
Una ansia desesperante y delirante.

Si me aceptas,
¿de mí cuidarás?

19

Daniel no pudo terminar de comer su pizza por el impacto de haber visto a Melisa con un cigarrillo. Cuando volvió al restaurante, Marta todavía no regresaba del baño, así que no notó su ausencia. Sin embargo, sí se dio cuenta del cambio de humor de él. Sus intentos por disimularlo no tuvieron mucho éxito y la velada no culminó de manera agradable.

Esa noche Daniel tampoco habló mucho con sus padres; al llegar a casa trató de dormir lo antes posible, sin éxito. No podía sacarse de la cabeza la imagen de Melisa con el cigarrillo. El apodo de «Don Juzgón» también resonaba, pero no podía evitar preocuparse por ese nuevo comportamiento, sin duda alentado por Justin. Cada uno era libre de hacer lo que quisiera con su vida; sin embargo, un menor de edad no debía fumar, y ese mal hábito traía consigo un montón de enfermedades.

Sabía que era hipócrita por beber alcohol a veces y, aun así, rechazar el cigarrillo. Con un trago no te metías arsénico, amoniaco, plomo ni un incontable número de sustancias químicas en los pulmones, ni perjudicabas a las personas a tu alrededor al exponerse al humo.

Eso, y muchas otras razones por las que era incorrecto retumbaron en su mente a lo largo de la noche, sin dejarlas salir. Cuando amaneció, no tuvo ánimo de abandonar la cama, desayunar, ni alistarse para hacer la tarea en casa de Melisa. Incluso ignoró los mensajes de Marta.

Fue Silvia, con sus interrogantes, quien lo obligó a moverse. Quiso pedirle un consejo sobre cómo actuar, pero a la vez no quería hacerla sospechar. Contar lo que había descubierto no le haría ningún bien a la amistad. Entonces Daniel decidió hacer lo que supuso que evitaría que ella lo odiara en el futuro: abordar el tema y tratar de hacer recapacitar a Melisa, sin atacarla y siendo lo más receptivo posible.

Cuando se bajó del transporte público ya se había imaginado la escena varias veces, con distintos diálogos y desenlaces. Avanzó distraído por la cuadra que lo separaba de la casa de Melisa, tanto que no vio a Justin hasta tenerlo de frente.

Daniel paró en seco, aturdido. Solo estaban a una casa de distancia del hogar de ella, por lo que no fue difícil deducir que provenía de allí. Encontrarse con él reavivó su enojo por sentir que empujaba a Melisa a perderse.

—Buenos días, Daniel —saludó Justin cuando Daniel permaneció callado.

—Estoy apurado —replicó, consciente de que si se quedaba demasiado no podría controlarse y volvería a arruinarlo.

Tenía que hablar con Melisa primero, no reclamarle a Justin como moría por hacer. Lo rodeó para dejarlo atrás.

—No quiero meterme en su amistad ni nada por el estilo, Daniel —dijo Justin, provocando que frenara su paso—.

Entiendo lo que me dijiste en el cine y sé que eres importante para ella. No te pido que seamos mejores amigos, sino que nos tratemos con cortesía por el bien de Melisa.

Las palabras le parecieron tan cínicas y carentes de sentido que la imagen que tenía de Justin se destruyó más.

«*¿Así la respetaba y cuidaba?*».

Si Melisa no lo quería a él y Justin era una mala influencia, entonces se merecía a alguien mucho mejor que ellos.

—Lo pensaré —contestó Daniel para poder terminar con esa charla.

Suponiendo que con ello no buscaría alargar la conversación, continuó hacia la entrada del hogar de los Guzmán. Luego de tocar el timbre, miró de reojo hacia donde había visto a Justin: él se alejaba ya casi por el final de la cuadra.

Natalia, la madre de Melisa, le abrió la puerta. Le dijo lo feliz que estaba de verlo y le permitió pasar. Daniel solo tuvo que esperar un poco en la sala mientras Melisa se reunía con él.

—Me encontré con Justin cuando llegué —comentó Daniel luego de un rato, mientras escribía su parte del trabajo de investigación.

—¿Ah, sí? Qué bueno —respondió ella, despegando la atención de la *laptop* en su regazo—. Él vive por aquí cerca y vino temprano a regalarnos unos panes de guayaba con queso.

—Qué atento.

Daniel, por primera vez, deseó que la chica continuara hablando sobre su novio para encontrar el momento preciso de abordar el tema del cigarrillo. Pero no fue así: estaba enfocada en terminar con la tarea.

Melisa iba compartiendo con él y anotando datos de interés que encontraba en internet para decirlos durante la defensa del trabajo, pautada para mediados de semana. Realizar las tareas en pareja no había cambiado, aunque eso seguramente era porque Justin pertenecía a otra sección. Y, a pesar de que normalmente se sumergía tanto en el tema como ella, Daniel no podía concentrarse.

—Los vi —soltó sin anestesia.

—¿De qué hablas? —inquirió ella, apartando la vista del mensaje que escribía en su celular.

—Anoche en la cafetería.

—Ah. Tuvimos una cita. —Melisa colocó la *laptop* sobre la mesa—. ¿Qué hacías por ahí?

Daniel quiso decirle lo de la cita con Marta, pero no iba a ser productivo desviar el tema hacia su intento de nueva ilusión amorosa.

—Ayer fue el torneo de ajedrez y, cuando regresaba a casa, los vi.

Esperó ver preocupación en ella ante la posibilidad de haber sido descubierta, pero eso no apareció en sus facciones.

—¿Sí? ¿Dónde fue? ¿En la alcaldía? Creo que no me contaste. ¿Qué tal te fue?

Que Melisa mostrara genuino interés por él casi arruinó sus intenciones.

—Gané —contestó, sin dar el énfasis que se merecía. La conversación no era sobre él, sino sobre ella; así que, en lugar de disfrutar la sonrisa de Melisa antes de las felicitaciones que iba a darle, fue directo al grano—. Y te vi fumando, Melisa.

La expresión de la chica se descolocó. Luego acortó la distancia entre ambos y se arrodilló junto a él para hablar sin que su madre escuchara.

—No lo vuelvas a decir, D —pidió—. No en mi casa. No con mi mamá aquí. ¡Claro que no estaba fumando!

—Yo sé lo que vi.

Melisa estuvo por decir algo, pero cambió de opinión; su silencio pareció una reflexión sobre las implicaciones negativas de fumar. En el colegio habían hecho innumerables exposiciones al respecto.

—Bebes, así que no tienes moral para juzgarme —concluyó ella—. Si decido fumar, es asunto mío.

Daniel se preguntó quién era ella, por qué sonaba tan distinta a la Melisa de antes y si todo aquello seguía siendo efecto de la muerte de su abuela.

—Escúchate. Él es nadador, ¿en serio fuma?

Daniel no había querido que la charla acabara sonando como un sermón; tenía claro que ese no era el camino. No obstante, se empezó a exasperar.

—Basta, Daniel. Es mi cuerpo, mi vida y yo decido. —dijo Melisa, regresando a su extremo de la mesa—. Mejor sigamos con la tarea que todavía nos falta.

El chico apretó la mandíbula con la mirada aún clavada en ella, pero Melisa ya había optado por ignorarlo. Lo detestaba y se arrepentía de haber ido.

La amistad entre Melisa y Daniel era, sin duda, cada vez más frágil. Cualquier conversación que se desviara de lo cordial era suficiente para agrietarla aún más. Se palpaba la incomodidad en el ambiente y apenas interactuaban entre sí. Daniel ni siquiera se quedó para almorzar, pese a la insistencia de Natalia; no quería continuar importunando ni quedarse sintiéndose un intruso.

Al irse no pudo volver directo a casa. Deseaba distraerse y consideró llamar a Marta, pero la culpa por estar alimentando una ilusión, siendo claro que todavía no había dejado ir sus sentimientos por Melisa, lo impidió.

No deseaba que la historia se repitiera con él como victimario. Si tan solo Melisa le hubiera dicho el día del beso que la disculpara, pero que no lo consideraría *nunca* como algo más que un mejor amigo; o incluso si lo hubiera dejado claro antes, cuando él dio tantas señales de sus sentimientos. Siendo directa, sin cabida para otras interpretaciones ni esperanzas absurdas.

Ese sábado, como había ocurrido desde hacía dos semanas, Daniel fue solo al colegio. Todavía sin haber vuelto a hablar con Melisa —porque ella lo evitaba y él estaba cansado de insistir—, asistió a la vendimia navideña con una franela blanca unicolor. A diferencia de años anteriores, su mejor amiga no estuvo para ir a sus tradicionales compras de suéteres y resultaba demasiado deprimente ponerse uno cargado de recuerdos. Casi no asiste, pero Marta dijo que tampoco lo haría si él tomaba esa decisión.

Era la última vendimia navideña de ellos como estudiantes de bachillerato. Daniel no pudo permitir que Marta se perdiera esa experiencia. No le había pedido que fuera su novia ni se habían besado de nuevo; sin embargo, se escribían y salían de vez en cuando.

—Oye, se está acabando el vuelto —le dijo Antonieta, que acababa de relevarlo en el control de las ventas.

Ellos y dos compañeros más de clases estaban atendiendo el puesto de postres navideños, mientras el resto buscaba clientes o curioseaba lo que habían hecho otros salones. Dentro de un par de horas intercambiarían funciones.

—Yo tengo en mi bolso. Voy a traerlo —indicó Daniel, dejando de reponer los paquetes de galletas.

—Marta se llevó la llave. Fue por más cubiertos —le avisó otro chico.

Los alumnos habían guardado sus pertenencias en sus respectivas aulas y, por la presencia de invitados, las habían cerrado por precaución. Daniel fue por el sencillo esperando encontrarse con Marta en el camino. En el trayecto fue inevitable pasar frente al puesto de la sección de Justin, donde estaba Melisa charlando. Una vez más, se ignoraron.

Cuando llegó al salón, halló la puerta entreabierta. Estuvo por entrar, pero notó a Marta junto a su morral; el cierre estaba abierto y ella miraba una carta que tenía en las manos. Daniel retrocedió, dudando que fuera bueno que lo viera.

«*¿Ella es la admiradora secreta?*».

De ser así, significaba que el beso que le dio no fue un arrebato del momento, sino que tenía sentimientos por él desde hacía tiempo. Lo había querido en secreto, sobrellevando la amistad; como él con Melisa. Eso le dio otro nivel de profundidad a las interacciones que habían tenido recientemente.

«*¿Cómo no me di cuenta antes?*».

Daniel vio a su madre pasar. Decidió pedirle a ella el vuelto para no interrumpir a Marta. Si ella todavía no había decidido contarle sobre las cartas, no la expondría de aquella forma. Tal vez la experiencia que estaba viviendo con Melisa fuera una manera de hacerle apreciar más las atenciones que tenían los demás con él. Su mundo había girado en torno a ella e ignoró varias cosas, como las reacciones de Marta que tanto le recordaban a sí mismo.

El adolescente regresó al puesto de venta. Marta llegó instantes después.

—Quedan pocos cubiertos. Creo que hay que comprar más —informó.

Marta era dulce, centrada y más tranquila que Melisa. Desde el principio, se había esforzado por animar a Daniel en el caos de su amistad con Melisa. Lo besó en un momento vulnerable, como Daniel había hecho con Melisa. Y siguieron sin que él expresara lo que sentía.

—Está bien. Iré a pedirle a alguien que lo haga —replicó Antonieta—. ¿Puedes ocupar mi puesto mientras, Marta? También tengo que ir a recibir a los animadores infantiles y mostrarles dónde será el musical.

—Sí, claro.

Antonieta le cedió su silla a Marta, quien se sentó junto a Daniel. No obstante, la hija del director demoró su partida al ver a su padre acercarse.

—Papá —saludó ella.

En los últimos días Daniel había notado la fricción entre ellos, a pesar de que Alberto cedió a que Antonieta organizara la vendimia ese año.

—Buen trabajo, hija —le dijo él—. Tu madre estaría orgullosa.

Antonieta no pudo responder de inmediato, porque la novia del director lo llamó a lo lejos.

—Sigue así —agregó él antes de marcharse.

Antonieta no dijo nada ni volteó a ver a sus compañeros; se dirigió a continuar cumpliendo con las responsabilidades que había escogido.

—Me alegra mucho por ella —comentó Marta cuando Antonieta se alejó lo suficiente—. Quiso hacerlo desde el año pasado.

Por su nueva cercanía con Marta, Daniel ahora sabía que su padre había abandonado la familia, que su madre batallaba todos los meses por cubrir los gastos y que tenía una hermana menor a la que solía cuidar. No estaba en una situación sencilla, pero eso no opacaba su sonrisa alegre y amabilidad. Eso lo hacía ser más consciente de los privilegios que tenía.

«*Le gusto a alguien como ella*».

—Marta —dijo Daniel para que lo mirara. Ella lo hizo y él tomó su mano—. ¿Quieres ser mi novia?

Melisa abrió el cajón de su mesita de noche y sacó el paquete de cigarrillos de caramelo. Solo quedaban dos. El abuelo de Justin se lo había regalado antes de morir, y él, a su vez, a Melisa. Su novio no se había atrevido a probarlos hasta la conmemoración de su muerte.

La adolescente estuvo por comerse uno, pero le regresó el recuerdo de la discusión con Daniel y se le quitaron las ganas.

«*¿Acaso es él una de las personas que tendré que perder?*».

Considerarlo la entristecía; sin embargo, ya no sabía cómo volver a encajar como antes del beso que lo cambió todo.

Regresó a su cama y terminó de redactar el correo electrónico para Marta. Había sido idea de Andrea que le compartiera la información sobre las becas de universidades en la capital que había investigado. Después, se puso a revisar el borrador de uno de los artículos que planeaba publicar en enero.

Al escuchar una notificación entrante en su celular, Melisa lo agarró enseguida, creyendo que era una respuesta de Justin. Llevaba ya una semana sin verlo porque él había ido a pasar Navidad y Año Nuevo en la capital. No obstante, no se trató de un mensaje suyo: era Andrea, comentando lo mucho que le gustó el vídeo que enviaría en enero para ser considerada para una beca. Claro, si no se arrepentía, pues últimamente ya no le emocionaba tanto irse de casa para estudiar en otra ciudad.

Tocaron la puerta de su habitación. Era su mamá, cargando una pila de ropa doblada.

—Se te olvidó esto en la sala —indicó Natalia. Terminó de entrar a la recámara para dejar las prendas sobre el escritorio—. ¿Por qué estás en la cama y no usando el escritorio?

—Acabo de cambiarme de lugar —mintió—. Ya me estaba empezando a molestar la espalda.

—Entonces quizá ya es hora de que salgas a caminar un rato. —Natalia fue hacia las ventanas para correr las cortinas y permitir el acceso de la luz natural—. Mira qué lindo está el día.

—Está un poco nublado, mamá.

—Mejor, así no agarras tanto sol.

—Bueno, termino de escribir algo y salgo —cedió Melisa.

La realidad era que no tenía ganas de hacerlo. Ni de estar en un espacio tan iluminado, ni de rodearse de la belleza de la naturaleza, ni de tener que saludar a los vecinos. Solo quería permanecer en esas cuatro paredes con sus ideas y distracciones. Sin embargo, la amiga psicóloga de su madre había recomendado esos paseos, y no quería ser otra preocupación.

La respuesta no fue suficiente para que Natalia se marchara. Se sentó en el borde de la cama junto a su hija, y le acarició el cabello.

—¿Cómo va tu investigación de las universidades? No olvides hablarnos sobre cómo va eso y qué quieres hacer, hija —pidió—. Sé que tu papá ha estado distante y quisquilloso por tu novio, pero no dejes de contarnos tus cosas.

Por alguna razón que no pudo identificar de inmediato, un nudo comenzó a formarse en la garganta de Melisa. Con la muerte de su abuela Graciela, le daba tanto miedo perder a otro ser querido o no disfrutar del tiempo restante.

—Todavía estoy viendo, aunque tal vez cambie de opinión sobre ir a la capital —admitió.

—¿Por qué?

—¿Y si me necesitan aquí y no estoy?

La expresión de Natalia se suavizó con comprensión. Rodeó a su hija con un brazo y la trajo hacia su pecho, sosteniendo su cabeza con la otra mano.

—Escúchame con atención. Estamos para guiarte y apoyarte lo mejor que podamos, no para limitarte. Eso jamás —dijo la mamá de Melisa—. Si tú no quieres ir porque no te sientes lista para estar lejos de casa, está bien, quédate aquí. Pero no lo hagas por nosotros.

Melisa asintió, incapaz de articular palabra por las ganas repentinas de llorar. Aun así, Natalia la apartó para poder mirarla a la cara. Ella misma se encargó de limpiar, con sus pulgares, un par de lágrimas que se escaparon.

—La incertidumbre asusta, pero es parte de la vida. Y sé que mi inteligente y valiente hija es capaz de enfrentarlo. Recuerda que aquí estaremos.

Melisa volvió a asentir. Natalia sonrió y depositó un beso en su frente antes de ponerse de pie.

—Compraré más pan de jamón para la cena, ¿te parece?

—Sí —murmuró.

Después de que su mamá se fue, Melisa necesitó de un par de minutos más para calmarse. Pasó las manos por su rostro y se levantó para seleccionar ropa deportiva de la pila traída por Natalia. Se detuvo al ver la pantalla del celular iluminándose.

De nuevo, esperó que se tratara de Justin. En esa ocasión tampoco fue así. En vez de ello, fue un mensaje de un perfil recién creado: una foto de Justin besando, cerca de la boca, a una chica, en una fiesta sobre la que no le había comentado nada.

Perdió la fuerza en sus piernas y tuvo que sentarse en la cama. Miró la fotografía una vez más y sintió su pecho cerrarse. Querer a alguien era un juego de azar en el que no se sabía qué día llegaría la amarga despedida. Al parecer quien saldría pronto de su vida sería otra persona.

Las vacaciones decembrinas llegaron a su fin y Daniel y Melisa seguían distanciados. El muchacho pasó la mayor parte del tiempo en su casa, en la panadería o paseando con Marta. Su interacción era diferente a lo que había tenido con Melisa; impredecible, nueva y cálida. Pero eso no necesariamente significaba que fuera algo malo; solo debía adaptarse al cambio. A Marta.

Era consciente de que, enfocándose en el presente, extrañaría menos el pasado: los mensajes hasta altas horas de la noche, las visitas sorpresas a su trabajo, los regalos con notas y su forma maravillada de mirarlo.

De nuevo en el colegio, esa distracción no le impidió notar la ausencia de Melisa durante la primera semana de clases en enero. Estando fuera de la vista de su novia, Daniel le preguntó a Andrea, quien le dijo que parecía haberse engripado. La respuesta le dio cierta tranquilidad y evitó que escribiera a Natalia. Su lugar ya no estaba junto a Melisa.

Sin embargo, ese fin de semana, Natalia lo llamó para que fuera a su casa. Como si su subconsciente hubiera estado esperando ese momento desde el principio, el *ya voy* salió solo su boca. No era simplemente una gripe: Melisa se negaba a ir al liceo.

Durante el camino, Daniel pensó en la foto que Justin subió cerca de año nuevo. Porque sí, revisaba sus redes sociales de vez en cuando. A pesar de saber que no era una decisión sana, no pudo controlar el impulso de querer estar al tanto de sus pasos, esperando todavía el momento de una falla. Y justamente, compartir una imagen con otra chica que no fuera su novia, abrazándola y recibiendo un beso cerca de la comisura de los labios, debía ser un error.

«*Sofía, ¿quizás?*».

Daniel tocó la puerta de la casa de los Guzmán y Natalia lo recibió.

—Buenos días —saludó, entrando a la vivienda.

—Hola, Daniel. Disculpa por llamar así —dijo ella—. Sé que tuvieron una discusión y por eso no has venido más, pero ya no sé qué hacer. Ni siquiera quiere ver a Justin. No sé si es que él le hizo algo y no nos lo quiere decir.

—Gracias por llamarme. Aunque estemos peleados, nunca va a dejar de ser importante para mí.

—Es que no entiendo qué pasa. Ya casi no habla con nosotros, sale sin pedir permiso y ahora esto —suspiró—. La muerte de mi suegra le pegó fuerte, y hemos tratado de darle su espacio, pero esto es demasiado.

Natalia permitió que Daniel fuera por su cuenta hasta la habitación de Melisa. Desde el día anterior se había encerrado allí. Ellos no tenían llaves de todas las puertas como la madre de Daniel, quien no permitiría que un comportamiento así se prolongara mucho.

—¿Melisa? —llamó dando unos ligeros toques en la puerta.

Oyó movimiento en el interior, pero no obtuvo respuesta.

—Soy Daniel, Melisa. Aquí estoy. Pase lo que pase, siempre contarás conmigo —agregó.

Y era cierto. Llegaran a ser novios o no, estuvieran peleados o no. Incluso si su amistad —en el peor de los casos— terminara para siempre, Daniel sabía en su corazón que un solo grito de auxilio bastaría para estar ahí. No importaba que lo hubiera tenido tan confundido ni que escogiera a alguien más; sus años de amistad y el hecho de haberlo sacado de su soledad lo mantenían agradecido. Sacarlo de su zona de comodidad, las risas, y lo que despertó con ese sentimiento bonito; todo lo atesoraría siempre.

—No me siento bien, D —la escuchó decir—. No quiero ver a nadie.

—En realidad, lo que no quieres es ver a Justin, ¿cierto?

Hubo un prolongado silencio, mas Daniel no se fue. Esa reacción fue la confirmación que esperaba. Sí había sido la foto.

La paciencia dio frutos cuando la puerta se abrió unos centímetros y el rostro de Melisa se asomó. Sus ojos estaban llorosos, su cabello despeinado y aún vestía su pijama.

—¿Cómo sabes de eso? —murmuró.

—Vi la publicación. Me sorprendió y no supe qué pensar, pero si estás así, lo que tengo ganas es de golpearlo.

—¿Tú, golpeando a alguien? Espero vivir lo suficiente para ver eso y grabarlo.

—Si vienes al colegio el lunes, tendrás la oportunidad. Aprovéchala: no sucede a menudo y quizá debas esperar otra vida entera para que vuelva a pasar.

La perspicacia de Daniel logró que los labios de Melisa se curvaran en una leve sonrisa.

—¿Nos encontraremos en otra vida, entonces? —inquirió ella.

—Así es.

La castaña abrió un poco más la puerta y se dio la vuelta para volver al interior. Daniel lo tomó como invitación para entrar, dejando la puerta tal cual estaba. La escasa iluminación no disimulaba el desorden impropio de ella: prendas y papeles esparcidos por el suelo, el escritorio revuelto y la cama sin tender, algo que solía ser lo primero que hacía al despertar.

Melisa se sentó en el borde del colchón y Daniel permaneció de pie hasta que ella lo invitó a sentarse a su lado.

—Mi mamá no debió llamarte —dijo ella—. La primera semana de clases casi nunca se hace algo importante.

—Tú no deberías ser la que se esconde —razonó él—. ¿Ya has hablado con Justin?

—No. Sigo ignorando sus llamadas y mensajes. Es que… —suspiró y Daniel notó cómo sus ojos volvían a humedecerse. Quiso abrazarla, pero así no iba a poder mantener su papel de amigo. Sentía un picor en sus dedos por tocarla—. Me molesta que no me haya dicho que iría a esa fiesta y, además, ¿cómo se atreve a subir una foto con su ex? No entiendo nada, pero tampoco quiero escucharlo, porque sé que tendrá una explicación preparada y que terminaré creyendo, solo por no tener el noviazgo más corto del mundo. Y…

Daniel no pudo más y cubrió con su mano la que ella mantenía aferrada al colchón.

—Oye, respira. Está bien si no quieres hablar con él todavía. Y no, no sería el noviazgo más corto. Sé de personas que terminan al siguiente día o dos días después.

No iba a fingir estar del lado de Justin. Le convenía hacer hincapié en la opción de la ruptura: no tenía sentido que le ocultara lo de la fiesta y que, además, fuera con su ex —la misma que sus amigos mencionaron en la panadería—. Había algo extraño, aunque no tuviera lógica que subiera la foto.

—Ay, D. No sabes cuánto me aconsejó mi papá no tener novio todavía, porque los chicos de mi edad son unos idiotas. Yo insistí con Justin porque creí que era diferente. Aunque es raro, ¿no? Que todo comenzara por la conversación de la muerte de su abuelo y la enfermedad de la mía.

Daniel pensó en los funerales de los peces y en cómo le agradaba ser su apoyo en momentos así. También en cómo, de una buena amistad, había comenzado a codiciar algo más.

—Hay cosas más raras —comentó—. Y sí, tu papá tiene razón: somos idiotas.

A pesar de arrancarle una sonrisa, a Melisa se le escaparon unas lágrimas. Sin detenerse a procesarlo, Daniel se inclinó para atraparlas con el pulgar. Ella se quedó quieta ante el gesto, mirándolo fijamente.

Él creyó haber tenido todo bajo control, pero los latidos desenfrenados de su corazón le anunciaron lo contrario. Fue arrastrado hacia ella por una fuerza invisible —la misma de la fiesta de Miguel—, directo a su perdición.

Cuando estuvo a punto de probar otra vez sus labios, ella se apartó de golpe y se puso de pie.

—¿Es en serio, D? —espetó—. ¿Me desahogo contigo y solo puedes pensar en besarme? ¿Y qué hay de Marta? ¿No son novios?

Que lo dijera de esa manera lo hizo sentir horrible. Su cercanía con Marta no era tan notoria todavía, y le sorprendió que Melisa se hubiera dado cuenta, cuando parecía estar enfocada casi todo el tiempo en Justin.

—Pues dime que no quieres nada conmigo de una vez —exclamó Daniel. Se sintió patético por haberse dejado llevar de nuevo por esos sentimientos que no caducaban—. Sé clara y deja de enviarme señales contradictorias. Porque, por si no lo sabes, duele y hace que me sienta como una mierda.

Listo. Ya lo había dicho. Se mantuvo sentado mientras ella lo observaba con el gesto desencajado. La conversación que habían evitado ya no podía postergarse.

—¿Por qué tuviste que besarme en la fiesta de Miguel, D? —preguntó ella—. ¿Por qué tenías que complicar todo justo con mi abuela tan delicada? ¿Tenías que ser así de egoísta?

—¿Y por qué me besaste tú también? —contraatacó—. ¿Por qué no rechazarme desde el principio o cuando hablamos? Pasé más de una semana ansioso por tocar el tema y, en vez de eso, me diste la sorpresa de haberte hecho novia de Justin, cuando *jamás* ni siquiera insinuaste que te gustaba.

—¿Y eso no fue una respuesta contundente para ti? ¿Quién se hace novia de alguien si le gusta otro y sabe que es correspondida? ¿En serio tenía que decírtelo palabra por palabra?

—Sí.

Abatido, Daniel se puso de pie, ya sin energías de continuar con la conversación que acabó de destrozarlo. Obtuvo su respuesta fuerte y clara.

—Me asusté porque jamás imaginé que me vieras con esos ojos —admitió ella cuando él estaba a unos pasos de la puerta. Daniel no pudo girar para mirarla, porque anticipaba una agonía mayor—. No quería perderte y, por un instante, consideré que podía intentar corresponderte. Por eso te besé. Pero cuando la llamada de mi papá nos interrumpió, me di cuenta de lo mal que estuvo y huí. Luego mi abuela murió, Justin estaba ahí y, en parte, apresuré las cosas con él para empujarte a superarme. Eres mi mejor amigo, D.

Daniel se apoyó en el marco de la puerta y cerró los ojos. Repitió una y otra vez la explicación de Melisa en su cabeza. Lo besó por lástima, para no herirlo. Y esa acción la empujó más hacia los brazos de Justin.

—No quiero perder tu amistad, D —añadió—. Es normal confundir los sentimientos por lo cercano que somos. Leí algunos artículos sobre eso. Yo te quiero como a un hermano y te aseguro que tú no me amas, sino que te ilusionaste con mi versión perfecta. Y no, no soy perfecta: me he copiado en exámenes, digo groserías, mi cuarto a veces es un desastre, me escapo de casa… y una larga lista que me hace incompatible contigo.

Ya no quería escucharla. Sabía que lo decía para empujarlo lejos, y lo estaba logrando. Dio los primeros pasos fuera de la habitación.

—Y, Daniel, no juegues con los sentimientos de Marta. No se lo merece.

Daniel no quería lastimar a Marta y, después de ver a Melisa, sabía que eso era lo que terminaría haciendo si prolongaba el noviazgo por más tiempo. La verdad era que no estaba listo para corresponder los sentimientos de alguien, y la última visita incómoda al hogar de Marta se lo confirmó.

Marta era una gran chica. Le parecía linda, y cualquiera se sentiría dichoso de ser dueño de su atención, pero esa no era razón suficiente para quedarse. No podía ir al mismo ritmo que ella, no con la presión de tal vez estar haciéndole perder el tiempo.

En cuanto la vio entrar a la heladería, con esa blusa floreada y los labios pintados, el remordimiento de Daniel se volvió más palpable. Seguro creía que se trataba de una cita romántica y no de una reunión para romper. Allí mismo, donde Melisa le contó sobre su noviazgo con Justin y donde el resultado pudo haber sido otro —Melisa pudo haberse hecho novia de Daniel por aferrarse a él—, se encontraba el paralelismo con lo que ahora vivía con Marta: el claro ejemplo de que, a veces, recibimos el daño y, otras, somos nosotros quienes hieren.

El chico se levantó para recibirla con un beso en la mejilla, pero, en lugar de permitirlo, Marta lo tomó suavemente del mentón y juntó sus bocas por un instante. Después, limpió con el pulgar los restos de labial en Daniel y le sonrió. Sin embargo, por alguna razón, la alegría contagiosa no se reflejó como de costumbre en su mirada.

Ambos adolescentes tomaron asiento y, durante los minutos siguientes, se dedicaron a decidir qué pedir. Ella no era como Melisa. Marta disfrutaba probando sabores distintos en cada ocasión, y Daniel la imitaba para no buscar similitudes con sus salidas con la otra castaña. Se esforzaba por centrarse solo en ellos, pero la presencia de su mejor amiga siempre se colaba en su mente, respirándole en la nuca y recordándole que todavía no se había liberado de esos sentimientos no correspondidos.

—¿Ya están listos para pedir? —preguntó la joven que atendía.

Daniel dudaba volver a pisar ese lugar después de ese día. La heladería ya le agradaba menos desde lo ocurrido con Melisa, así que con esto acabaría de anotarla en su lista de «no visitables». Las memorias se entrelazaban con los lugares donde se forjaban y poseían una fuerza que superaba el transcurrir del tiempo.

Frambuesa, caramelo y menta fueron los sabores de esa amarga cita. Esperaron por ellos sin profundizar en ningún tema específico, sonriéndose y comentando sobre las tareas que tendrían que entregar esa semana.

Cuando llegó el pedido, Daniel aguardó a que ambos probaran el helado antes de hablar.

—Marta, te pedí que nos viéramos aquí porque quería decirte algo importante.

La chica volvió a hundir la cuchara en el helado y posó los ojos en él. Ahí seguía esa tristeza, y Daniel se preguntó si le habría pasado algo malo esa mañana.

—¿Sí? Dime.

Se veía tan radiante y se había portado tan bien con él que dudó en abordar el tema si no era el momento adecuado. No quería sumar malestar a lo que fuera que la tenía así, por lo que guardó silencio ante esa imagen vulnerable.

—Estás hermosa —prefirió decir.

Marta lo observó, sorprendida, por unos segundos. Luego sonrió y desvió la mirada.

—Gracias —murmuró.

Terminaron el helado y Daniel no comunicó lo que había planeado. Prefirió dejarlo para otro día —quizá después de la época de exámenes— y pasaron la tarde hablando de anécdotas de la infancia, música y rumores escolares. Incluso se olvidó de la culpa y simplemente disfrutó de la compañía de Marta.

Cuando anochecía, Daniel pagó los helados y se dispusieron a marcharse. Marta caminaba delante de él; estaban a punto de salir cuando ella se detuvo de golpe y se giró para mirarlo. Parecía al borde del llanto.

—¿Qué te pasa? —preguntó Daniel, preocupado.

La respuesta fue una bofetada. No lo suficientemente fuerte como para girarle el rostro, como ocurría en las telenovelas, pero sí para dejarle un ardor inmediato y hacerlo tambalear un poco. Se cubrió la mejilla, atónito.

Antes de que pudiera procesarlo, Marta plantó un beso en sus labios y lo abrazó con determinación. El cambio fue tan repentino que el contraste entre las acciones sembró una confusión mayor en Daniel. Trató de apartarla suavemente para mirarla a los ojos y exigir una explicación, pero ella lo apretó con más fuerza.

—No, por favor —pidió—. Solo así tendré la valentía de decirte lo que quiero.

El temblor en su voz le robó el aire a Daniel. Sin duda estaba librando una batalla interna para atreverse a reaccionar así y llegar al desenlace que buscaba. Para él fue espantoso saber que era responsable de aquello.

—Te escucho —murmuró.

Deseó poder abrazarla para darle algo de consuelo, pero sabía que no tenía derecho, siendo él el causante de su angustia. Permaneció quieto, con los brazos a los costados, ignorando las miradas curiosas de los presentes.

—No puedo seguir siendo tu novia. Por más que me gustes, no puedo estar con alguien que quiere a alguien más. No quiero repetir la historia de mi madre. —Lo abrazó con más fuerza y hundió el rostro en su clavícula—. Duele, pero sé que con el tiempo pasará y habrá sido lo mejor. Así como ojalá te pase con Melisa. Pero para eso hay que reducir el contacto, y prefiero eso a terminar odiándote. Que dijeras su nombre por error el otro día fue demasiado.

Marta respiró hondo y se separó lo justo para mirarlo. Lágrimas descendían por sus mejillas. Y en ese instante, al ver que ella sí tuvo el valor de enfrentar lo que él no pudo decir,

Daniel entendió que no se merecía a Marta. Al menos, no esa versión de él.

—Gracias por lo lindo que has sido. Y no te sientas mal. Solo promete pensar más en ti, ¿de acuerdo?

Daniel estaba demasiado conmocionado como para hablar. Se limitó a asentir.

—Ahora me iré y dejaré de seguirte por un tiempo en todas las redes. No estoy molesta, es por mi bien.

Aclarado eso, Marta se marchó, regalándole una última sonrisa antes de salir del establecimiento. Daniel sintió las piernas débiles, incapaz de creer lo que acababa de suceder. Aun así, no quiso permanecer ni un minuto más allí, bajo las miradas curiosas y los murmullos de los demás.

Cruzó la calle y entró a la plaza, ya iluminada por sus faroles. Había varias personas recorriendo el lugar, teniendo conversaciones en alguna de las bancas de metal, o vigilando a los hijos que corrían.

Daniel ocupó el otro extremo de una banca que era ocupada por una señora de edad avanzada, pues no había ninguna libre. Apoyó los codos de las rodillas y se tomó unos instantes para serenarse.

Aquellos días habían sido demasiado. Por seguir encaprichado con Melisa, perdió a una amiga que lo quería y sí demostró verdadero interés por él. Era tan injusto que hubiera dejado ir esa oportunidad, e incluso más que la hubiera considerado por las razones incorrectas. Siempre se creyó un buen muchacho, pero empezaba a dudarlo.

Durante mucho tiempo temió no volver a encontrar algo como lo que tenía con Melisa. Se había acostumbrado a ella… o, mejor dicho, a la idea de ella, como ella misma le dijo. Incontables veces lo empujó más allá de sus miedos, pero Melisa terminó convirtiéndose en otra zona de comodidad, y él temía dejar ir esa seguridad. Quizá nunca le dio señales confusas, sino que él las torció en su mente para alimentar ese sentimiento que ya ni siquiera sabía si podía denominarse enamoramiento.

«*¿Lo era al desear que algo malo sucediera entre Justin y ella?*».

«*¿Lo era el no querer compartirla con nadie más?*».

«*¿Lo era el querer ir en contra de su forma de ser por ella?*».

«*¿Y lo era al querer controlarla?*».

Marta le había demostrado que no. Ella tenía sentimientos por él, pero le daba su espacio, y tenían una interacción equilibrada. Ninguno se esmeraba por lucir perfecto para el otro; se mostraban tal cual eran, porque lo primordial no era agradar, sino ser sincero para que el otro decidiera si aceptaba el amor que se tenía para dar. Engañar no era desear lo mejor para el otro, por lo que no podía ser sinónimo de amor. Amar era encontrar un punto medio y ayudarse a crecer como individuos desde la comprensión y la comunicación, no anularse.

Si no se obtenía el resultado esperado, lo mejor era pasar página para evitar daños irreparables. Eso tuvo la valentía de hacer Marta. Eso debió hacer él desde el principio. Mejor un dolor temprano que tiempo perdido y heridas profundas: uno por no poder dar el amor que se esperaba, y el otro por no recibirlo. Mejor no ahogarse lentamente en mentiras.

Sin querer desperdiciar el impulso inspirado por el actuar de Marta, Daniel sacó el celular del bolsillo y llamó a Melisa. Pasó el dorso de la mano, con disimulo, por sus ojos mientras ella tardaba en contestar.

—Hola, D —dijo ella—. No sabía si responderte. Estoy algo ocupada, así que…

—Será rápido —la interrumpió.

—Está bien. Seguro es importante si me llamaste.

—Así es. —Daniel se pasó la mano por el cabello y fijó la vista en el suelo. Era mejor fingir que no tenía a nadie a su alrededor para decidir cómo comenzar—. Ya no voy a molestarte más. Seguiremos viéndonos en clase, pero te hablaré lo menos posible. Va a ser como…

—D, si es por lo que nos dijimos el otro día, yo no quiero que…

—Lo necesito, Melisa. Necesito esto. De verdad —indicó teniendo que cerrar los ojos y apretarlos para evitar la formación de lágrimas—. El espacio me hará bien para olvidarme de esto que siento y enfocarme en mí. No quiero seguir dañando nuestra amistad. Voy a bloquearte de todos lados y, por favor, haz lo mismo para facilitar las cosas.

Ella tardó en responder, y él esperó porque no confiaba en poder continuar sin una pausa.

—Está bien, D. Lo entiendo y lo respetaré.

—Gracias. —La mano le temblaba por lo fuerte que estaba apretando el aparato—. Te quiero mucho y deseo que seas feliz.

Melisa exhaló contra el teléfono.

«*¿Está aguantando las ganas de llorar?*».

Daniel sabía que lo mejor hubiera sido tener esa conversación cara a cara, pero no tenía las agallas necesarias para hacerlo.

—También te quiero mucho, D. Aquí estaré cuando estés listo.

Para quedarse con esas palabras en la mente, Daniel colgó. Se recostó contra el respaldo de la banca y abrió los ojos. Acababa de tomar una decisión transcendental, pero el mundo seguía su curso como si nada. Él se sentía en el fondo, pero los demás continuaban con sus vidas. La diferencia era que ahora percibía un tenue rayo de luz materializándose; un peso que fue arrancado de su pecho.

Venezuela
Venezuela
ABC
20
1
Venezuela
20
Venezuela
20

Venezuela
20
Venezuela
ABC
20
1
Venezuela
Venezuela
20

EPÍLOGO

Daniel estacionó su bicicleta cerca del puesto de vigilancia de la universidad. No le importaba tener que caminar un poco para llegar al edificio administrativo y entregar los documentos que le faltaban. Guindó las gafas de sol en el cuello de su camisa de botones y colgó el morral sobre sus hombros. Iba liviano: solo llevaba la carpeta con lo necesario.

Avanzó como un estudiante más. Ya había podido imprimir el carné y lo lucía enganchado en su pantalón. Le permitieron adelantar ese paso porque únicamente le faltaba la fotocopia del título de bachiller y, además, era hijo de una de las docentes.

Daniel había transitado por ese lugar varias veces para encontrarse con su madre, pero saber que iba a ser el sitio que lo formaría a nivel profesional durante los siguientes cinco años le provocaba una sensación muy distinta.

Nerviosismo. Temor. Expectativa.

Era una mezcla de emociones ante ese nuevo inicio. Y sabía que no saldría siendo el mismo al terminar.

Se detuvo un momento frente a la estatua que daba la bienvenida a los que llegaban: la representación del personaje ilustre que daba nombre a la universidad. No, no era el lugar en el que esperaba estar casi un año atrás, pero tampoco se arrepentía de ello. Quedarse en casa y compartir con sus padres antes de convertirse en veterinario y salir del nido no se sentía como un fracaso. Ese era su camino, no el de alguien más.

Sacó su celular y se tomó la foto que le prometió a la que seguía siendo su gran amiga. Buscó su chat con Melisa y se la envió de una vez.

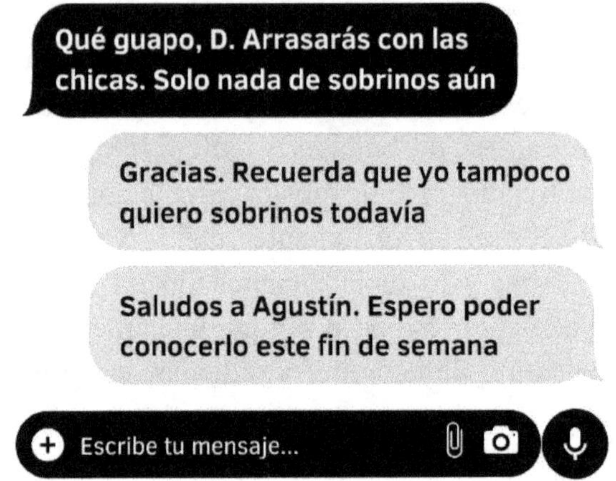

Ella le había regalado los lentes que él cargaba el día que lo acompañó a comprar la bicicleta. Usó una parte de los ahorros que Melisa nunca supo habían sido reunidos para irse con ella. Ya hasta le parecía tonto pensar en ello.

—Disculpa, ¿tú estudias aquí? —preguntó una voz femenina a su costado.

Daniel alzó la vista y giró para contestar.

—Ah, ya veo que sí. Tienes el carné. ¿Podrías decirme dónde queda la secretaría para terminar de formalizar mi inscripción? Es que por internet decía una cosa, pero al parecer no es información actualizada.

Se trataba de una chica que también lucía recién salida de bachillerato como él. Su cabello negro estaba suelto y tenía ondas. Detrás de sus gafas había unos ojos marrones que se empequeñecían ligeramente en los costados por la sonrisa tímida que le ofrecía. Vestía unos pantalones de corte recto y un suéter tejido color mostaza.

—Sí, sí, estudio aquí —dijo Daniel, al recordar que ella esperaba por su respuesta—. Oh, bueno, la semana que viene empiezo, solo que ya pude sacar el carné.

—Qué bien. Yo espero poder sacarlo hoy o mañana. Mis padres están desesperados por tomarme una foto con él —replicó—. Me llamo Carla, por cierto.

—Yo soy Daniel, un gusto. —Él extendió la mano para estrechar la de la chica. A ella le pareció curioso el gesto, pero aceptó el apretón de manos—. Y sí, puedo llevarte. Lo que pasa es que hace poco cambiaron el lugar por unas remodelaciones que harán. Ven, yo de todas formas también tengo que ir.

Daniel y Carla caminaron juntos para convertirse oficialmente en estudiantes universitarios. En medio de la ansiedad que causaba el inicio de esa nueva experiencia, les fue grato poder encontrar a alguien con quien conectar y darse apoyo en lo que les depararía el futuro. Después de todo, la vida son ciclos que se abren y se cierran, y en cada uno de ellos coincidimos con personas que pueden volverse importantes o dejar de serlo de maneras inesperadas.

EXTRAS

Venezuela
20
Venezuela
ABC
20
1
Venezuela
Venezuela

EXTRA I:

UN REENCUENTRO BAJO LA LLUVIA

Marta se sentó en la parada del transporte público. Abrazó la cartera contra su pecho y miró hacia el cielo, enviando una plegaria silenciosa para que la lluvia pronosticada se retrasara un poco más, por lo menos hasta que volviera al apartamento de su madre.

Ese momento lo había vivido varias veces mientras iba al bachillerato ubicado a unas cuadras de allí. La diferencia era que media hora atrás había tenido una entrevista de trabajo en una de las cadenas farmacéuticas más reconocidas y grandes del país. Meses antes había terminado su carrera universitaria en la capital —gracias a su beca— y había decidido comenzar esa nueva etapa profesional en casa. Ya no quería seguir dejando a su madre sola.

Sintió las primeras gotas caer sobre su rostro. Sacó su viejo paraguas de la cartera y lo abrió, poniéndose de pie. Revisó la hora en el reloj de su muñeca, esperando que el bus pasara en los próximos minutos, como lo estipulaba la aplicación. Sin embargo, el transporte no llegó como anticipó y la lluvia comenzó a caer con más fuerza.

Aun así, resignada y aferrada a la llegada del bus, permaneció en su lugar. Mientras miraba con desespero la calle, un auto se acercó. Marta retrocedió unos pasos, apretando la cartera contra sí, con el temor de estar a punto de ser asaltada asomándose en sus nervios. Hasta que la ventana del copiloto bajó y un rostro familiar la saludó.

—¿Miguel?

—Claro que sí, Marta. Sabía que ese paraguas me resultaba familiar —dijo con una sonrisa—. Vamos, sube. Yo te llevo.

Marta no necesitó que su antiguo compañero de clases insistiera. Subió al vehículo de prisa y acomodó el paraguas en el suelo, intentando mojar lo menos posible el interior.

—Muchas gracias… ¿Sí tienes licencia, cierto?

Miguel rió ante la interrogante.

—Sí, y esta vez sí es real. Pasé el examen la segunda vez.

Marta se permitió relajarse contra el asiento. Había estado tan estresada antes de la entrevista que todavía sentía sus músculos tensos; no obstante, estar rodeada de la energía contagiosa de Miguel la estaba liberando de ese peso. A su parecer, lo había hecho bien en la entrevista, así que deberían contactarla en los próximos días.

—¿Vas a casa de tu mamá? —le preguntó Miguel.

—Sí. Estaba esperando el bus, pero supongo que tuvo un retraso.

—Es que ya el de esta hora no pasa. Hay un bus menos y están en proceso de repararlo —explicó.

—Qué suerte la mía —suspiró ella—. Menos mal pasaste justo por aquí.

—A esta hora siempre aprovecho para buscar qué hermosa dama puedo auxiliar.

Marta no supo si reír o tomarlo como coqueteo hacia ella. Ese era un comentario típico de Miguel, quien, era obvio, no había cambiado nada en su personalidad. Sin embargo, con ella y su pasado, eso podía tener más trasfondo.

«*No. Ya ha pasado mucho tiempo desde entonces*».

—Ya veo. Qué caballeroso de tu parte —decidió seguirle la corriente en un tono casual.

—Todo por retribuirle a la sociedad.

Miguel condujo unas cuadras más, con precaución debido a la lluvia que se había intensificado. Subió un poco el volumen a la radio para que el silencio no se sintiera tan palpable. Era la primera vez que se veían en cinco años.

Su *salvador* tenía una apariencia más cuidada. Había cambiado las camisetas llamativas por camisas de botones —metida dentro del pantalón— y su peinado rebelde por uno más conservador. Sus uñas estaban cortas y había un ligero brillo que delataba esmero en su cuidado. Lo último que supo de él era que había decidido estudiar Derecho.

—¿Cómo te va con los estudios? Sé que a Andrea le falta un semestre para graduarse —comentó Marta con curiosidad.

—Estamos a la par. Cuando comenzamos la carrera me retrasé un poco, pero el semestre anterior pude alcanzarla.

—Me alegra. Seguro estaré aquí para su graduación.

—¿En serio? ¿Volverás a mudarte para acá? —preguntó Miguel.

—Sí. Solo me falta un viaje más a la capital para terminar de traer mis cosas. Sonará raro, pero extraño la tranquilidad de aquí. Si me dan el trabajo en la farmacia, todo encajaría perfecto.

Miguel asentía con una ligera sonrisa mientras Marta le explicaba sus planes.

—Seguro lo obtendrás. Siempre fuiste de las más inteligentes de la clase —contestó.

—Ya aprendí que serlo no garantiza nada. De lo contrario, habría salido con propuestas laborales, y no fue así.

—Quizá simplemente tu destino era volver aquí.

Marta desvió la mirada de las gotas golpeando la ventana para enfocarse en él. Esa frase había sonado demasiado profunda y removió una tecla sensible en ella.

Por varios meses, en el fondo, se percibió como un fracaso por no tener compañías peleándose por ella al culminar su carrera; era lo que imaginaba que sucedería al tener un promedio tan alto. Pero no. Se cuestionó si realmente había valido la pena saltarse tantos eventos sociales para obtener notas sobresalientes y, aun así, obtener un resultado decepcionante.

No obstante, ahora que Miguel lo mencionaba, sabía que esas ofertas habrían hecho más difícil tomar la decisión de volver; y eso solo continuaría alimentando el remordimiento de no poder estar junto a su madre. Porque no había espacio para ambas y su hermana menor en el diminuto anexo que Marta había podido mantener durante diez semestres.

—Tienes razón. Gracias —contestó Marta, sonriendo para sí.

—¿Por qué me agradeces? —cuestionó Miguel.

—No lo había visto de esa manera —admitió—. Tampoco lo había conversado antes.

—No deberías ser tan dura contigo misma. Recuerda que no es una carrera.

Marta se sorprendió por lo fácil que seguía siendo hablar con él. Durante el último año de bachillerato se desahogó varias veces con Miguel, y él la escuchó sin juzgarla ni una vez. Ni siquiera cuando lo utilizó en su propia fiesta en un intento de sacarse a Daniel de la cabeza. Miguel siempre había sido paciente y comprensivo. Era como si el tiempo no hubiera transcurrido.

—Todavía se me hace difícil no serlo —dijo Marta.

—Así veo. —Miguel estacionó el auto frente al edificio de destino, pero continuaba lloviendo con fuerza. Se giró hacia ella—. En una semana habrá una reunión de nuestra promoción en el colegio. ¿Piensas ir?

—Todavía no lo sé. Quizá para esa fecha esté terminando con mi mudanza.

—Si tienes disponibilidad y te animas, ¿irías conmigo?

Marta pudo percibir la pizca de inseguridad en esa pregunta. Era terreno inestable entre ellos. Haber tenido su primera experiencia sexual con Miguel era un acontecimiento importante que jamás desaparecería: sin embargo, había sido por motivos incorrectos por parte de ella.

—Como amigos —añadió Miguel cuando Marta tardó en contestar.

—Como amigos —repitió Marta, saboreando la palabra—. Estaría bien.

EXTRA II:

EL LEGADO DE LO QUE DECIDIMOS CARGAR

Antonieta terminó de dar su recorrido por la institución y regresó al aula donde estaba Justin. Los preparativos para el reencuentro de su promoción estaban listos para el día siguiente: las decoraciones, el sonido y los regalos ya estaban en su sitio; solo faltaba recibir, durante la mañana, la comida y las bebidas.

Mientras subía por las escaleras, deslizó una mano por el barandal con una sensación cálida en el pecho al comprobar que las luces recién instaladas iluminaban mejor el patio. Por primera vez estaba a cargo de organizar una reunión de egresados y se había esforzado por cuidar hasta el más mínimo detalle. Su padre, que se había ido de crucero con su esposa, regresaba ese mismo día.

—¿Apenas llevas tres? —preguntó al entrar al salón y revisar los avances de Justin con los pupitres.

Él había apostado por convertirse en comentarista deportivo, pero aún no ganaba lo suficiente para dedicarse solo a eso. Por ello, Antonieta le asignó actividades de mantenimiento para que tuviera un ingreso adicional.

—Me estoy esmerando para que queden bien pintados —replicó él.

—Bueno, termina ese y sigues el lunes. Andrea vendrá en media hora a buscarnos, después de empaquetar el último cuadro que vendió hoy.

Antonieta dejó su libreta sobre el escritorio y se sentó en la silla junto a la puerta. Había hecho varias anotaciones para arreglos adicionales que necesitaban realizarse, así como ideas para conseguir más fondos.

Justin la miró fijamente por un largo instante, sonrió y luego volvió a enfocarse en su labor.

—¿Por qué sonríes? ¿Porque tu hermana es buena jefa? —cuestionó ella, sin que el gesto pasara desapercibido.

—Pensaba en cuando comenzaste con eso de sabotear el noviazgo de nuestros padres… cómo al principio me pareció una locura, pero te apoyé. Luego fuiste cambiando de opinión sobre mi mamá y, ahora, técnicamente diriges tú el colegio.

—Y publiqué la foto con Andrea —agregó Antonieta.

—También.

—Lo haría de nuevo.

Antonieta abrió la libreta para escribir un par de líneas más y permitió que Justin siguiera con su trabajo. Pasados unos minutos, recordó algo.

—¿Sabes? Le conté a Daniel tu secreto y hasta le ofrecí mi ayuda para que conquistara a Melisa, pero se negó.

—No creo que sea porque no quisiera lo suficiente.

—Oí que Melisa terminó con su prometido —comentó ella—. Creí que no vendría por estar en uno de esos países extraños haciendo reportajes, pero ya confirmó su asistencia.

—¿Ah, sí? —dijo él, sin alzar la vista y continuando con la pintura del pupitre, restándole importancia.

—Sí, y que Daniel vendrá con su novia. Yo siempre quise que Melisa y él estuvieran juntos.

—Gracias por tu apoyo, querida hermana —soltó Justin, esta vez deteniendo su actividad para mirarla de nuevo—. ¿Jugarás ahora a ser cupido con ellos?

—No, ya no me interesa —admitió ella—. Eso es lo que te merecías por besar a Sofía y no creerme cuando te dije que te utilizaba.

Venezuela
20
Venezuela
ABC
20
1
Venezuela
Venezuela

NOTA DE AUTORA

Que mi primer libro en físico sea «El día que Daniel entendió el amor» es un homenaje a la etapa en la que empecé a escribir, con matices de lo que una vez fui —y lo que a veces todavía soy—, y un abrazo a mi venezolanismo. Es una historia que me hubiera gustado leer a esa edad, para internalizar que no hay que tenerlo todo resuelto, que la vida va de la mano con la incertidumbre, que las personas se marchan para cederle el espacio a otras, que debemos ser fieles a nosotros mismos y los curiosos paralelismos que aparecen para hacer más hincapié en la lección que necesitamos aprender.

Hay un sinfín de personas que han hecho este libro posible; por dejar huella en mi vida, por inspirarme, por creer en mí, por acompañarme en el viaje de ser escritora, e incluso por romperme el corazón. He conocido a personas increíbles, quienes han hecho de este andar menos solitario y reforzado el lema de que con perseverancia y disciplina los sueños se cumplen. Cada uno a su ritmo, con sus propias circunstancias y el mismo brillo en los ojos.

Admito que más de una vez sentí que iba tarde, pero la vida y los logros no son una carrera. Y espero que, si estás leyendo esto, lo recuerdes por un largo rato; al igual que, el no ser correspondido, tampoco es el fin del mundo.

Gracias a mis lectores beta Génesis De Sousa, Lucero, R. Crespo, y Sergio S. Saldaña. Gracias a mi correctora Nathaly Eunice e ilustradora Wendy Orrillo. Gracias a mi mejor amiga Oscary Pieruzzini. La opinión, admiración, confianza y cariño que les tengo significa mucho para mí y ha sido importante durante este proceso.

Gracias a mi familia más cercana; especialmente a mi papá Carlos y a su esposa Karina, a mi mamá Idelmar, a mis hermanos y a mi abuela Magaly, quien leyó mi primer escrito lleno de errores y me animó a seguir a pesar de ello. Gracias por amarme, por creer siempre en mí y por ser mi lugar seguro.

Y a ti, muchas gracias por ahora también ser parte de este camino.

SOBRE LA AUTORA

Diana Carolina Martínez Navas (29 de septiembre de 1997) es una escritora venezolana y chilena que dio sus primeros pasos en el mundo de la escritura durante la adolescencia. Después de la lectura, la escritura se convirtió en compañía durante su soledad y desea que sus historias sean parte del apoyo que se necesita en tiempos difíciles, así como lo ha sido para ella. Escribe para canalizar emociones, experiencias y miedos; así como para conocerse mejor e integrar cada una de sus facetas, dejando plasmadas lecciones que alguna vez la vida le enseñó.

Instagram: dianamn2909
Wattpad: DianaMN
TikTok: dianamn2909

Venezuela
20
Venezuela
ABC
1
20
Venezuela
20
Venezuela
20

Venezuela
20
Venezuela
ABC
20
1
Venezuela
Venezuela
20

www.ingramcontent.com/pod-product-compliance
Lightning Source LLC
LaVergne TN
LVHW012330100826
845148LV00017B/1622

* 9 7 8 9 9 9 0 4 5 6 8 3 7 *